오늘의 젊은 지성을 위한 영혼의 애송시!

韓國의 名詩

영혼의 애송시 **351** 편

太乙出版社

돌담에 속삭이는 햇살

김 영 랑

돌담에 속삭이는 햇살같이
풀 아래 웃음 짓는 샘물같이
내 마음 고요히 고운 봄길 위에
오늘 하루 하늘을 우러르고 싶다

새악시 볼에 떠오는 부끄럼같이
시의 가슴에 살포시 젖는 물결같이
보드레한 에메랄드 얇게 흐르는
실비단 하늘을 바라보고 싶다

이름 없는 여인이 되어

노 천 명

어느 조그만 산골로 들어가
나는 이름 없는 여인이 되고 싶소
초가 지붕에 박넝쿨 올리고
삼밭엔 오이랑 호박을 놓고
들장미로 울타리를 엮어
마당엔 하늘을 욕심껏 들여놓고
밤이면 실컷 별을 안고
부엉이가 우는 밤도 내사 외롭지 않겠오.

기차가 지나가 버리는 마을
놋양푼의 수수엿을 녹여 먹으며
내 좋은 사람과 밤이 늦도록
여우 나는 산골 얘기를 하면
삽살개는 달을 짖고
나는 여왕보다 더 행복하겠오.

그 리 움

유 치 환

오늘은 바람이 불고
나의 마음은 울고 있다.
일찌기 너와 거닐고 바라보던 그 하늘 아래 거리언마는
아무리 찾으려도 없는 얼굴이여
바람 센 오늘은 더욱 더 그리워
진종일 헛되이 나의 마음은
공중의 깃발처럼 울고만 있나니
오오, 너는 어드메 꽃같이 숨었느냐

물망초

김 남 조

기억해 주어요
부디 날 기억해 주어요
나야 이대로 못잊는 연보라의 물망초지만
혹시는 날 잊으려 바라시면은
유순히 편안스레 잊어라도 주어요

나야 언제나 못잊는 꽃이름의 물망초지만
깜깜한 밤에 속이파리 피어나는
나무들의 기쁨
당신 그늘에 등불 없이 서 있어도
달밤같은 위로
사람과 꽃이
영혼의 길을 트고 살았을 적엔
미소와 도취만의
큰배 같던 걸
당신이 간 후
바람결에 내버린 꽃빛 연보라는
못잊어 넋을 우는
물망초지만

기억해 주어요
지금은 눈도 먼
물망초지만

가을의 기도

김 현 승

가을에는
기도하게 하소서……
낙엽들이 지는 때를 기다려 내게 주신
겸허한 모국어로 나를 채우소서

가을에는
사랑하게 하소서……
오직 한 사람을 택하게 하소서
가장 아름다운 열매를 위하여 이 비옥한
시간을 가꾸게 하소서

가을에는
호올로 있게 하소서……

나의 영혼,
굽이치는 바다와
백합의 골짜기를 지나
마른 나무가지 위에 다다른 까마귀같이……

서 시(序詩)

윤 동 주

죽는 날까지 하늘을 우러러
한점 부끄럼이 없기를,
잎새에 이는 바람에도
나는 괴로와 했다.

별을 노래하는 마음으로
모든 죽어가는 것을 사랑해야지
그리고 나한테 주어진 길을
걸어가야겠다.

오늘 밤에도 별이 바람에 스치운다.

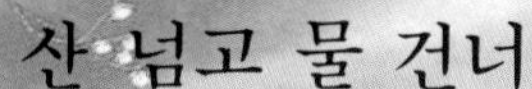

산 넘고 물 건너

양 주 동

산 넘고 물 건너
내 그대를 보려 길 떠났노라

그대 있는 곳 산 밑이라기
내 산길을 토파 멀리 오너라

그대 있는 곳 바닷가라기
내 물결을 헤치고 멀리 오너라

아아, 오늘도 잃어진 그대를 찾으려
이름 모를 이 마을에 헤매이노라

세월이 가면

박 인 환

지금 그 사람 이름은 잊었지만
그 눈동자 입술은
내 가슴에 있네.

바람이 불고
비가 올 때도

나는 저 유리창 밖 가로등
그날의 밤을 잊지 못하지.

사랑은 가고 옛날은 남는 것
여름날의 호숫가, 가을의 공원
그 벤취 위에
나뭇잎은 떨어지고
나뭇잎은 흙이 되고
나뭇잎에 덮여서
우리들 사랑이
사라진다 해도

지금 그 사람 이름은 잊었지만
그 눈동자 입술은
내 가슴에 있네.

내 서늘한 가슴에 있네.

韓國의 名詩

엮은이의 말*

현대인이라면 누구나 애송시 몇 편은 마음속에 간직하고 살아가리라 여긴다.

이렇게 마음속에 시심(詩心)을 기른다는 것은 그만큼 우리의 삶을 풍요로이 하고, 우리의 얼을 향맑게 가꾸는 일이라하겠다.

그러나 현대의 물질문명은 이같은 시정신을 차츰 망가뜨리고 그 영역마저 좁혀드는 것도 숨길 수 없는 사실이다. 그것은 자연의 훼손과 같이 위험한 일이며, 꼭이 삼가야 할 오늘의 과제 가운데 하나인 것이다.

오늘날 우리가 자연을 고이 가꾸어야 하듯이, 인간의 향기 높은 시심을 오롯이 간직해 간다는 것은 그 어느 것 못지 않게 값진 일일 터이다.

그런 뜻에서 나는 우리의 얼과 숨결이 알뜰히 담긴 주옥같은 현대시를 한자리에 모아 보았다.

시를 사랑한다는 것은 곧 우리 말을 사랑한다는 것이며, 이것은 그대로 주체적인 자기확립에의 길이기도 한 것이다.

이 사화집을 계기로 보다 새로운 시인들의 작품도 다시 엮어지는 날이 오기를 편자는 바라며, 감히 애독자 여러분의 일독을 권하는 바이다.

엮은이.

차 례

강계순(姜桂淳)

연 가(戀歌)

우리가 만일 바람이 되어 다시 만난다면
깊은 안개에
눈 가리고
낯 가리고
심장에 칼 꽂는 피도 가리고
허공에서 잠시 웃다가 돌아가는
바람이 되어 만난다면

수수깡 널려 있는 뜰안 한 귀퉁이
혹은 대청마루
반들거리는 나무결 위에
습기 없는 햇살로
다시 만난다면

모두가 떠나가고
첫눈 내리는 아침
비상(飛翔)하기 위하여
날개를 펴는
새의 순수로 만난다면

질기고 긴 세월
구석구석 저리는 관절염의
아픈 밤비로 만난다면
오,
우리가 매일 무엇으로 다시 만난다면.

♠사랑하는 사람들은 늘 자유를 갈망한다. 사랑은 자유이지만, 그러나 사랑하기 위해서는 부자유한 구속을 선택하지 않으면 안된다. 사랑하는 감정은 곧 자신의 자유를 제한하고, 그 제한된 자유 속에서 탈출하기 위해 상대방에게 구원을 요청한다. 그래서 사랑의 감정을가진 모든 사람들은 항상 무엇인가 스스로 자유로운 것이 되어 사랑을 마음껏 구가하기를 기원한다. 〈연가〉의 시인 강계순도 자유로운 사랑의 주인이 되기를 갈망하고 있다. 현실에서는 불가능한 님과의 만남, 그 재회의 환희를 위하여 강계순은 자유의 상징인 바람을 동원하여 내세에까지 연결시키고 있다. 아름다운 언어와 속삭이는 듯한 율조가 이 시를 한층 성공시키고 있다. 영원한 사랑을 갈망하는 우리 시대의 빼어난 수작(秀作)이다.

18

김광균(金光均)

향　수(鄕愁)

저물어 오는 육교 우에
한줄기 황망한 기적을 뿌리고
초록색 램프를 달은 화물차가 지나간다.

어두운 밀물 우에 갈메기떼 우짖는
바다 가까이

정거장도 주막집도 헐어진 나무다리도
온—겨울 눈 속에 파묻혀 잠드는 고향.
산도 마을도 포플라나무도 고개 숙인 채

호젓한 낮과 밤을 맞이하고
그 곳에
언제 꺼질지 모르는
조그만 생활의 촛불을 에워싸고
해마다 가난해 가는 고향 사람들.

낡은 비오롱처럼
바람이 부는 날은 서러운 고향.
고향 사람들의 한줌 희망도
진달래빛 노을과 함께
한번 가고는 다시 못오지

저무는 도시의 옥상에 기대어 서서
내 생각하고 눈물지움도
한떨기 들국화처럼 차고 서글프다.

♠저물어 오는 육교 위에서 황망하게 사라져 가는 추억을 붙잡는 시인의 마음은 왠지 모르게 쓸쓸해진다. 서녘 하늘을 붉게 번지는 노을과 어머니의 치마 자락처럼 서서히 다가오는 어둠의 이미지가 더욱 사람의 심경을 우수에 젖게 하는 저녁 무렵은 한결 그리움을 더해 준다. 이런 때 가장 진하게 다가오는 그리움은 고향이다. 고향은 항상 가난한 모습으로 남아있지만, 그러나 그 가난은 시인을 성장시키고 시인의 꿈을 이룰 수 있도록 도와주었던 채찍이었기에 그 어떤 풍요보다도 더욱 소중한 추억으로 남는 것이다. 이 시의 주제는 고향에 대한 그리움이다.

설 야(雪夜)

어느 먼 곳의 그리운 소식이기에
이 한밤 소리없이 흩날리느뇨.

처마끗에 호롱불 여위어 가며
서글픈 옛 자친 양 흰 눈이 내려
하이얀 입김 절로 가슴이 메어
마음 허공에 등불을 켜고
내홀로 밤깊어 뜰에 내리면

머언 곳에 여인의 옷벗는 소리

희미한 눈발
이는 어느 잃어진 추억의 조각이기에
싸늘한 추회(追悔)이리 가쁘게 설레이느뇨.

한 줄기 빛도 향기도 없이
호올로 찬란한 의상(衣裳)을 하고
흰눈은 내려 내려서 쌓여
내슬픔 그 위에 고이 서리다.

♠눈 오는 밤의 추억과 애상을 주제로 하고있는 이 시는 특히 시각적인 감각 표현에 뛰어나다. 서정시로서, 김광균의 대표작 중의 한 편이다. 「조선일보」(1938. 1. 8)에 발표되었다.

목가(牧歌)

장다리 꽃이 하-얀 언덕 너머 들길에
지나가는 우차의 방울소리가
긴-콧노래를 응얼거리고
김 매는 누이의 바구니 옆에서
나는 누워서 낮잠을 잤다.

♠동심의 추억에 대한 회상이 이 시의 주제이다. 시각과 청각적인 표현이 특히 뛰어나며, 과거의 추억에 대한 목가적인 운치가 시를 살리고 있다. 「조선중앙일보」(1935. 4. 24)에 발표된 작품이다.

어두워 오는 황혼이면
흩어진 방앗간에 나가 나는 피리를 불고
꼴먹이고 서 있는 형님의 머리 우에
남산은 새빨―간 노을에 젖어 있었다.

와사등(瓦斯燈)

차단―한 등불이 하나 비인 하늘에 걸려 있다.
내 호올로 어딜 가라는 슬픈 신호냐.

긴―여름에 황망히 나래를 접고
늘어선 고층 창백한 묘석같이 황혼에 젖어
찬란한 야경 무성한 잡초인양 헝클어진채
사념 벙어리되어 입을 다물다.

피부의 바깥에 스미는 어둠
낯설은 거리의 아우성 소리
까닭도 없이 눈물겹고나

공허한 군중의 행렬에 섞이어
내 어디서 그리 무거운 비애를 지니고 왔기에
길―게 늘인 그림자 이다지 어두워

내 어디로 어떻게 가라는 슬픈 신호기
차단―한 등불이 하나 비인 하늘에 걸리어있다.

♠도시문명에 눌린 현대인의 비애와 좌절을 노래한 시이다. 도시의 길거리에 걸린 와사등 불빛 속에서 느끼는 고독감이 잘 나타나 있다. 이 시 역시김광균의 대표작 중의 한 편으로 꼽히고 있다.

외인촌(外人村)

하이한 모색(暮色)속에 피어 있는

♠제목에서 느낄 수 있지만 내

산협촌(山峽村)의 고독한 그림 속으로
파ㅡ란 역등(驛燈)을 달은 마차가 한대
잠기어 가고
바다를 향한 산마룻길에
우두커니 서있는 전신주(電信柱) 위엔
지나가던 구름이 하나 새빨간 노을에 젖어
  있었다.

바람에 불리우는 작은 집들이 창을 내리고
갈대밭에 묻히인 돌다리 아래선
작은 시내가 물방울을 굴리고

안개 자욱ㅡ한 화원지(花園地)의 벤치 위엔
한낮에 소녀들이 남기고 간
가벼운 웃음과 시들은 꽃다발이 흩어져 있다.

외인묘지(外人墓地)의 어두운 수풀 뒤엔
밤새도록 가느란 별빛이 내리고.

공백(空白)한 하늘에 걸려 있는 촌락의 시계가
여윈 손길을 지어 열시를 가리키면
날카로운 고탑같이 언덕 위에 솟아 있는
퇴색한 성교당(聖敎堂)의 지붕 위에선
분수처럼 흩어지는 푸른 종소리.

용적으로도 퍽 이국적인 정취를 주는 작품이다. 이미지 수법을 피한 회화시로서 감각적인 표현이 시를 성공시키고 있다. 「조선 중앙일보」 (1935. 8. 6)에 처음 발표되었고, 그 후 시집 「와사등」에 수록되었다.

김광섭(金珖燮)

성북동 비둘기

성북동 산에 번지가 새로 생기면서
본래 살던 성북동 비둘기만이 번지가 없어
　졌다.
새벽부터 돌 깨는 산울림에 떨다가
가슴에 금이 갔다.
그래도 성북동 비둘기는
하나님의 광장 같은 새파란 아침 하늘에
성북동 주인에게 축복의 메시지나 전하듯
성북동 하늘을 한 바퀴 휘 돈다.

성북동 메마른 골짜기에는
조용히 앉아 콩알 하나 찍어 먹을
널찍한 마당은커녕 가는 데마다
채석장 포성이 메아리쳐서
피난하듯 지붕에 올라 앉아
아침 구공탄 굴뚝 연기에서 향수를 느끼다가
산 1번지 채석장에 도로 가서
금방 따낸 돌 온기에 입을 닦는다.

예전에는 사람을 성자처럼 보고
사람 가까이서
사람과 같이 사랑하고
사람과 같이 평화를 즐기던
사랑과 평화의 새, 비둘기는
이제 산도 잃고 사람도 잃고
사랑과 평화의 사상까지
낳지 못하는 쫓기는 새가 되었다.

♠평화와 사랑의 상징인 비둘기를 통하여 문명의 이기(利器)에 눌린 현대인의 삭막한 삶을 그려내고 있다. 이 시의 주제는 자연에 대한 현대인의 향수이다. 이 시 속에서의 '포성'과 '구공탄'은 현대문명이 낳은 이기(利器)를 뜻한다.

마　음

나의 마음은 고요한 물결.
바람이 불어도 흔들리고,
구름이 지나가도 그림자 지는 곳.

돌을 던지는 사람,
고기를 낚는 사람,
노래를 부르는 사람.

이리하여 이 물가 외로운 밤이면,
별은 고요히 물 위에 뜨고
숲은 말없이 물결을 재우느니,

행여, 백조가 오는 날,
이 물가 어지러울까
나는 밤마다 꿈을 덮노라.

♠고요한 마음의 그리움을 주제로 하고있는 이 시는 속세를 벗어나 선경(仙境)에 들어간 듯한 느낌을 준다. 잔잔하고 고요한 마음으로 은밀한 사랑을 노래하고 있다. '행여, 백조가 오는 날, 이 물가 어지러울까' 시인은 밤마다 꿈을 덮으며 사랑하는 님이 오기를 기다린다. 「문장」(1939.6)에 수록된 작품이다.

생(生)의 감각

여명에서 종이 울린다.
새벽별이 반짝이고 사람들이 같이 산다는 것
  이다.
닭이 운다, 개가 짖는다.
오는 사람이 있고 가는 사람이 있다.
오는 사람이 내게로 오고
가는 사람이 다 내게서 간다.

아픔에 하늘이 무너지는 때가 있었다.
깨진 그 하늘이 아물 때에도
가슴에 뼈가 서지 못해서

♠투병생활에서 얻은 생의 신비스러운 부활을 노래한 시이다. 시인은 한때 고혈압으로 쓰러져 일주일 동안을 무의식 상태에 빠진 적이 있었다.그때의 체험을 형상화하여 시로써 승화시킨 것이다. 「현대문학」(1967. 1)에 발표한 작품이다.

24

푸르런 빛은
장마에 황야처럼 넘쳐 흐르는
흐린 강물 위에 떠 갔다.
나는 무너지는 둑에 혼자 서 있었다.
기슭에는 채송화가 무더기로 피어서
생의 감각을 흔들어 주었다.

산

이상하게도 내가 사는 데서는
새벽녘이면 산들이
학처럼 날개를 쭉 펴고 날아 와서는
종일토록 먹도 않고 말도 않고 엎뎄다가는
해질 무렵이면 기러기처럼 날아서
평야만 남겨 놓고 먼 산 속으로 간다.

산은 날아도 새둥지나 꽃잎 하나 다치지 않고
짐승들의 굴 속에서도
흙 한 줌 돌 한 개 들성거리지 않는다.
새나 벌레나 짐승들이 놀랄까 봐
지구처럼 부동의 자세로 떠 간다.
그럴 때면 새나 짐승들은
기분 좋게 엎데서 사람처럼 나는 꿈을 꾼다.

산이 날 것을 알고 사람들이 달아나면
언제나 사람보다 앞서 가다가도
고달프면 쉬란 듯이 정답게 서서
사람이 오기를 기다려 같이 간다.

♠산을 보고 대자연의 엄숙한 경이를 느끼며 지은 시이다. 이 시인은 시에 관해서 다음과 같이 말하고 있다. '현실이 고통스러운데 추상의 세계만이 감미로울 수도 없다. 여기서 시의 사명은 아름다운 서정의 세계나 산뜻한 감각의 기복만을 염(念)해 냄에 시종할 배 아니다. 하나 시인들은 고달픈데 그 시인을 고달프게 하는 힘이 더 억세어 감을 어찌하랴. 이리하여 세기가 자아 붕괴의 계기가 되어 시의 세계는 드디어 허무의 화원에 조용히 우는 새소리 뿐이다.'

산은 양지 바른 쪽에 사람을 묻고
높은 꼭대기에 산을 뫼신다.

산은 사람들과 친하고 싶어서
기슭을 끌고 마음에 들어오다가도
사람 사는 꼴이 어수선하면
달팽이처럼 대가리를 들고 슬슬 기어서
모두 험한 봉우리로 올라간다.

산은 나무를 기르는 법으로
벼랑에 오르지 못하는 법으로
사람을 다스린다.

산은 답답하면 솟아서 높은 봉우리가 되고
물소리가 듣고 싶으면 내려와 깊은 계곡이 된다.

산은 한번 신경질을 되게 내야만
고산도 되고 명산도 된다.

산은 기슭에 언제나 봄이 먼저 오지만
조금만 올라가면 여름이 머물고 있어서
한 기슭인데 가까이 두 계절을
사이 좋게 지니고 산다.

고 독

내
하나의 생존자로 태어나서
여기 누워 있나니

♠이 시는 부질없는 삶에 대한 자의식을 주제로 하고 있다. 하루살이 같은 생존에만 얽매여 있는 지성인의 고민은 바로

한 칸 무덤 그 너머는 무한한 기류의 파동도
있어
바다 깊은 그 곳 어느 고요한 바위 아래

이 시대를 살아가는 시인의 아픔이기도 하다. 이 작품은 지적인 면이 특히 강한 주지적인 시이다.

내
고달픈 고기와도 같다.

맑은 정 아름다운 꿈은 잠들다.
그리운 세계의 단편(斷片)은 아즐다.

오랜 세기의 지층만이 나를 이끌고 있다.

신경(神經)도 없는 밤
시계야 기이타.
너마저 자려무나.

비 갠 여름 아침

비가 갠 날.
맑은 하늘이 못 속에 내려와서
여름 아침을 이루었으니,
녹음의 종이가 되어
금붕어가 시를 쓴다.

♠첫여름의 정취는 역시 비가 갠 뒤라야 확연하다. 시각적인 이미지와 시인의 맑고 깨끗한 정서가 곱게 드러나고 있는 시이다. 시집「동경」(1938) 에 실려있는 작품이다.

꽃 나비 시

꽃이 피니
나비는 아름다운 활동가가 되어
꽃과 꽃 사이를 날기에

♠지성적인 것과 서정적인 것의 만남은 늘 김광섭의 시 가운데서 이루어지고 있다. 이 시 역시 '감정의 상징과 지적관

조에 근원을둔' 김광섭 특유의 시냄새가 난다.

꽃은
연한 입술을 열어
두 나비의 이름까지도 부르나니

꽃은
지하의 향기를 다하여
미지(未知)와 친근하면서

꽃은 져도
영원은 실망치 않고
시는 자연과 함께 산다.

고 혼(孤魂)

—고 노천명 시인에게

♠여류시인 노천명을 추념하는 시이다. 이 시에서도 역시 김광섭 특유의 고요한 서정과 이지적인 냉철성을 엿볼 수 있다.

콧구멍을 막고
병풍 뒤에
하얀 석고처럼 누웠다.

외롭다 울던 소리
다 버리고
기슭을 여의는
배를 탔음인가

때의 집에 살다가
'구정물' 을 토하고
먼저 가는 사람아

길손들이 모여

고인 눈물을
마음에 담아
찬 가슴을 덥히라

아 그대 창에 해가 떴다.
새벽에 감은 눈이니
다시 한번 보고 가렴

누군지 몰라도 자연아
고이 받아 섬기고
신(神)의 밝음을 얻어
영생을 보게 하라

김남조(金南祚)

물망초

기억해 주어요
부디 날 기억해 주어요
나야 이대로 못잊는 연보라의 물망초지만
혹시는 날 잊으려 바라시면은
유순히 편안스레 잊어라도 주어요

나야 언제나 못잊는 꽃이름의 물망초지만
깜깜한 밤에 속이파리 피어나는
나무들의 기쁨
당신 그늘에 등불 없이 서 있어도
달밤 같은 위로

♠이별과 그리움에 대한 추억을 노래한 시이다. 물망초의 꽃말에 얽힌 이야기를 소재로 하여 쓴 작품이다. '사람과 꽃이/영혼의 길을 트고 살았을 적엔' 이라는 표현이 매우 인상적이다 원초적인 생명의 근원으로 거슬러 올라가서 그리움의 대상이 되는 사랑의 실체를 확인하고 싶어하는 시인의 마음이 은은하게 시 전편을 흐르고 있다.

사람과 꽃이
영혼의 길을 트고 살았을 적엔
미소와 도취만의
큰배 같던 걸
당신이 간 후
바람결에 내버린 꽃빛 연보라는
못잊어 넋을 우는
물망초지만

기억해 주어요
지금은 눈도 먼
물망초지만

겨울 바다

겨울 바다에 가 보았지
미지(未知)의 새
보고 싶던 새들은 죽고 없었네.

그대 생각을 했건만도
매운 해풍(海風)에
그 진실마저 눈물져 얼어 버리고

허무(虛無)의
불
물이랑 위에 불붙어 있었네

나를 가르치는 건
언제나
시간

♠사랑의 끈기와 기다림을 주제로 한 시이다. 김남조 시인의 시색(詩色)은 항상 영원을 향해 다가가려는 끈질긴 생명의 추구와 구원에의 기도이다. 한 편으로는 종교적인 사랑의 바탕 위에 꺼지지 않는 생명의 촛불을 밝히려는 강한 삶의 의지와, 다른 한 편으로는 생의 허무에 대한 우울감과 절망감이 교감(交感)되어 시(詩)로 승화되는 경이로움을 보여주고 있다.

끄덕이며 끄덕이며 겨울바다에 섰었네.

남은 날은
적지만

기도를 끝낸 다음
더욱 뜨거운 기도의 문이 열리는
그런 혼령을 갖게 하소서
남은 날은 적지만

겨울 바다에 가 보았지
인고(忍苦)의 물이
수심(水深) 속에 기둥을 이루고 있었네.

김달진 (金達鎭)

체 념

봄 안개 자욱히 내린
밤거리 가등(街燈)은 서러워 서러워
깊은 설움을 눈물처럼 머금었다.

마음을 앓는 너의 아스라한 눈동자는
빛나는 웃음보다 아름다와라.

몰려가고 오는 사람 구름처럼 흐르고
청춘도 노래도 바람처럼 흐르고

오로지 먼 하늘가로 귀 기울이는 응시(凝視)

♠멀리 떨어진 사랑하는 사람을 그리워하면서, 허무한 현실을 도피하고자 하는 시인의 심정이 담담하게 그려져 있는 시이다. 주제는 사랑에 대한 체념이다.

혼자 정열의 등불을 다룰 뿐

내 너 그림자 앞에 서노니 먼 사람아
우리는 진정 비수(悲愁)에 사는 운명
다채로운 행복을 삼가하오.

견디기보다 큰 괴로움이면
멀리 깊은 산 구름 속에 들어가

몰래 피었다 떨어진 꽃잎을 주워
싸늘한 입술을 맞추어 보자.

단 장(斷章)

1
아무 마음 없이
나 홀로 여기까지 걸어 왔구나.
숲 속 좁은 산길 위에
엷은 저녁 햇방울이 떨어져 있다.

2
몇 날을 두고
아침 산보길에 만나는 여인이기에
그 이름이 알고 싶었다.

3
기다려 기다려도 비는 오지 않고
쨍쨍 쪼이는 한낮 창 앞에
멀리 어디서 포소리 들려 오더니
건너 산에서 흰 연기 구름처럼 떠 오른다.

4

♠종교적인 색채가 짙은 작품이다. 삶의 심화된 경지를 담담하게 노래하고 있다.

밝은 달빛이 가득 차 넘치는 넓은 이 마당
별처럼 반짝이는 이 숱한 벌레 소리 속에
  서면
해 질 녘까지 그처럼 씨그러이 놀던 애들의
꿈 속에 벌어지는 화려한 놀이판.

5

아침 산 그늘이
모시 적삼에 스미는 썰렁한 기운,
아 이제 대지에는
그 숱한 나뭇잎이 알고 모르고 꽃잎처럼 내리
  겠구나

황 혼

고창(吉蒼)한 작은 정원에 황혼이 내려
무심히 어루만지는 가슴이 끝끝내 여위다.

고림(枯林) 속의 오후 그림자처럼 허령한 의
  욕이매
근심발은 회색 공기보다 가벼이 조밀(稠密)
  하다.

저 밑뿌리 고달픈 머리칼은 어지러이 길고
고독을 안은 애연(愛戀)의 한숨은 혼자 날카
  로와……

처마 끝에 거미 한 마리 어둔 찬비에 젖는데
아 어디 어디 빨간 장미꽃 한 송이 없느냐!

♠불교적인 명상으로 일관된 시이다. 영원한 진리에 대한 추구가 이 시의 주제이다. 「시인부락」(1936)에 수록되어 있다.

임의 모습

어디고 반드시 계시리라 믿기에
어렴풋 꿈 속에 그리던 모습

어둔 밤 촛불인 듯 내 앞에 앉으신 양
아 이제 뵈는 모습 바로 그 모습이네.

아 내 마음 어떻게 두어야 하리까?
너무도 작고 더러운 존재오라
영혼의 속속들이 눈부시는 빛 앞에
화살 맞은 비둘기인 양 나래만 파닥일 뿐

사랑이 되고 안 되고사
오로지 임에 매이었고
마주앉아 말 주고 받은 인연
오백 생(生) 깊음이 느껴 자랑스럽네.

푸른 나뭇잎 나뭇잎 사이로
말간 가을 하늘 우러러 보면
어디서 오는 가느다란 바람이기에
꽃잎처럼 흔들리는 임의 모습.

들 밖 어둔 길을 밤 늦어 돌아오면
허렁허렁 술기운 반은 취하고
먼 남쪽 하늘 가 흐르는 별 아래
산 너머 물 건너 몇 백리인고.

가다가 문득 문득

♠그리운 임의 모습을 주제로 하고 있는 이 시는 동양적인불교사상으로 쓰여진 시이다. 이 시 속에서의 '임'은 '석가모니'이며, 인간적인 고뇌를 형상화함으로써 사상성을 극복하고 있다. 「현대문학」(1967)에 발표된 작품이다.

가슴 하나 월컥 안기는 그리움
해바라기 숨길처럼 확확 달아
가을 석양 들길에 멀리 선다.

애달픈 이 사모를
혼자 고이 지닌 채 이 생을 마치오리까?
임아 진정 아닌 척 그대로 가야 하리까?
살아 한번 그 가슴에 하소할 길 없어—

창 밖에 궂은 밤비 소리 들으면
풀숲에 숨어 있는 한 마리 벌레가 되어
울지도 못하는 외로운 가슴
암초롬 이슬밭에 얼어 새우랴.

어렴풋 잠결에 꾀꼬리 소리
놀란듯 허겁지겁 창을 여나니
꿈에 뵈던 임의 소식 아니언만
알뜰히 살뜰히 아쉬움이라.

동무와 떠들다 문득 입다물고
잔 들어 흥겨웁다 문득 멀리 앉아 봄은
어디서 오는 또렷한 모습이기
눈썹 끝에 아롱다롱 한숨발에 어리는고.

김동명(金東鳴)

파 초

조국을 언제 떠났노

♠김동명의 대표작 중의 한 편

파초의 꿈은 가련하다.

남국을 향한 불타는 향수.
너의 넋은 수녀보다도 더욱 외롭구나!

소낙비를 그리는 너는 정열의 여인
나는 샘물을 길어 네 발등에 붓는다.

이제 밤이 차다.
나는 또 너를 내 머리맡에 있게 하마.
나는 즐겨 너를 위해 종이 되리니,
너의 그 드리운 치맛자락으로 우리의 겨울을
가리우자.

이다. 조국을 잃은 우리 민족은 열대를 떠나 이국 땅으로건너온 파초의 운명과도 같다. 파초의 원산지인 남국에서 이국으로 와 외롭게 서 있는 파초를 보고 시인은 우리의 운명을 생각한 것이다. 「조광」(1936. 1)에 발표된 작품이다.

내 마음은

내 마음은 호수요,
그대 저어 오오.
나는 그대의 흰 그림자를 안고,
옥같이 그대의 뱃전에 부서지리다.

내 마음은 촛불이요,
그대 저 문을 닫아 주오.
나는 그대의 비단 옷자락에 떨며, 고요히
최후의 한 방울도 남김 없이 타오리다.

내 마음은 나그네요,
그대 피리를 불어 주오.
나는 달 아래 귀를 기울이며, 호젓이
나의 밤을 새오리다.

♠사랑의 그리움을 주제로 한 이 시는 「조광」(1937. 6) 3권 6호에 발표한 작품으로 김동명의 대표작 중의 한 편이다. 끝없이 타오르는 사랑의 정열과 그리움을 노래한 이 시는 참신한 이미지로 가득 차있다. 사랑의 뜨거운 전개와 그 슬픔을 애틋하게 이끌어서 아름다운 율조(律調)속에 담고 있다. 김동명이 아니면 쓸 수 없는 연연한 작품이다.

내 마음은 낙엽이요,
잠깐 그대의 뜰에 머무르게 하오.
이제 바람이 일면 나는 또 나그네같이, 외
로이
그대를 떠나오리다.

조 천명 여(吊天命女)

1
이슬 방울에도 휘이는 풀잎 모양,
실바람도 고달픈 꽃송이는 아니던가

외로움과 한스러움은 이제사
"향수(鄉愁)"마냥 풍기어,

"청(靑)모래 순"벋은 길섶에
그 모습이 아련하다.

2
두견새 모양
목에 피가 맺히도록

인생을 울다가,
울다가

아아 드디어 그대
"창자빛 하늘"아래 영영 없구나

3
옳았도다
그대 삶이 옳았도다

♠여류시인 노천명의 죽음을 애도하여 쓴 시이다. 섬세한 서정시인으로 유명한 김동명답게 노천명의 시 가운데서 필요한 언어들을 인용해가면서, 떠나간 여류(女流)에 대한 애틋한 정과 아쉬움을 노래하고 있다.

인생은 본시
슬픈 것, 외로운 것

신도 빙그레 웃으며
그대를 맞으리

김동환(金東煥)

산 너머 남촌에는

1
산 너머 남촌에는 누가 살길래,
해마다 봄바람이 남으로 오네.

꽃 피는 사월이면 진달래 향기,
밀 익는 오월이면 보리 내음새.

어느 것 한 가진들 실어 안 오리,
남촌서 남풍 불 제 나는 좋데나.
2
산 너머 남촌에는 누가 살길래
저 하늘 저 빛깔이 저리 고울까?

금잔디 넓은 벌엔 호랑나비 떼.
버들밭 실개천엔 종달새 노래

어느 것 한 가진들 들려 안 오리.
남촌서 남풍 불 제 나는 좋데나.
3

♠7·5조의 리듬으로 쓰여진 민요형식의 시로 김동환의 대표작 중의 한편이다. 주제는 미지의 세계에 대한 동경이다. 이 시에서의 '산 너머 남촌'은 우리의 마음의 고향이며 영원한 미지의 세계이다. 그리움과 향수가 깃든 이상의 세계인 것이다. 「조선문단」(1927. 1) 18호에 발표된 작품이다.

산너머 남촌에는 배나무 있고,
배나무 꽃 아래엔 누가 섰다기,

그리운 생각에 영에 오르니,
구름에 가리어 아니 보이네.
끊였다 이어 오는 가느단 노래
바람을 타고서 고이 들리네.

송화강 뱃노래

새벽 하늘에 구름장 날린다.
에잇 에잇 어서 노 저어라 이 배야 가자.
구름만 날리나
내 맘도 날린다.

돌아다 보면은 고국이 천리런가.
에잇 에잇 어서 노 저어라 이 배야 가자
온 길이 천 리나
갈 길은 만 리다.

산을 버렸지 정이야 버렷나.
에잇 에잇 어서 노 저어라 이 배야 가자
몸은 흘러도
넋이야 가겠지.

여기는 송화강, 강물이 운다야
에잇 에잇 어서 노 저어라 이 배야 가자
강물만 우더냐
장부도 따라 운다.

♠민요조를 바탕으로 한 자유시이다. 앞길을 예견할 수 없는 미지의 세계를 향해 조국을 떠나가는 젊은이의 늠름한 기상이 잘 나타나 있다. 주제는 잃어버린 조국에 대한 슬픔이다.

웃은 죄

지름길 묻길래 대답했지요.
물 한 모금 달라기에 샘물 떠 주고,
그러고는 인사하기에 웃고 받았지요.

평양성에 해 안 뜬대도
난 모르오,
웃은 죄밖에.

♠이 시의 주제는 그리움이다. 민요조의 노래로 우물가의 정경을 잘 묘사하고 있다. 「신세기」(1938. 3)에 발표된 작품이다.

북청 물장수

새벽마다 고요히 꿈길을 밟고 와서
머리맡에 찬물을 쏴—퍼붓고는
그만 가슴을 디디면서 멀리 사라지는
북청 물장수

물에 젖은 꿈이
북청 물장수를 부르면
그는 삐꺽삐꺽 소리를 치며
온 자취도 없이 다시 사라져 버린다.
날마다 아침마다 기다려지는
북청 물장수.

♠파인 김동환의 대표작 중의 한편이다. 물을 통한 생명의 갈구와 좌절감을 극복하려는 희망을 주제로 하고있는 이 시에는 북청 사람들의 생활상이 향토색 짙게 잘 그려져 있다. 시집 「국경의 밤」(1925)에 수록되어 있는 작품이다.

오월의 향기

오월의 하늘에 종달새 떠올라 보표(譜表)를 그
 리자 산나물 캐기 색시 푸른 공중 치어다 노

♠오월은 희망의 달이다. 이 희망의 달 오월에 그려보는 조

래 부르네 그 음부(音符) 보고 봄의 노래를.
봄의 노래 바다에 떨어진 파도를 울리고 산에 떨어진 종달새 울리더니 다시 하늘로 기어올라 구름 속 거문 소나기까지 울려 놓았네.
거문 소나기 일만 실비를 몰고 떨어지자 땅에는 흙이 젖물같이 녹아지며, 보리밭이 석 자라 자라나네.
아 오월의 하늘에 떠도는 종달새는 풍년을 몰고 산에 들에 떨어지네. 떨어질 때 우린들 하늘 밖이라 풍년이 안오랴.
오월의 산에 올라 풀 베다 소리치니 하늘이 넓기도 해 그 소리 다시 돌아 앉으네. 이렇게 넓다라면 날아라도 가 보고 싶은일 넋이라도 가 보라 또 소리쳤네.
벽에 걸린 화액(畵額)에 오월 바람에 터질 듯 익은 내 나라가 걸려 있네. 꿈마다 기어와선 놀다가도 날 밝기 무섭게 도로 화액 속 풍경화가 되어 버리는 내 나라가.

국 광복에의 꿈, 그러나 그 꿈은 요원하기만 하다. 시인의 간절한 조국애가 깃들인 시이다. 「조선지광」(1927. 5)에 수록되어 있다.

강이 풀리면

강이 풀리면 배가 오겠지
배가 오면은 임도 탔겠지

임은 안 타도 편지야 탔겠지
오늘도 강가서 기다리다 가노라.

임이 오시면 이 설움도 풀리지
동지 선달에 얼었던 강물도

♠이 시의 주제는 간절한 기다림이다. 민요조의 노래로 쓰여진 작품이다. 이 시에 나타난 '기다림'은 곧 '조국의 광복에 대한 염원'이다. 일제의 식민지하에 묻힌 우리 조국의 암울한 현실을 얼어붙은 강물로 생각한 것이다. 일제의 압박이 풀리면 그리운 자유와 주권을 되찾을 수 있으리라는 희망

제멋에 녹는데 왜 아니 풀릴까
오늘도 강가서 기다리다 가노라.

과 기다림이 간절하게 나타나 있다.

김상옥 (金相沃)

봉선화

비오자 장독간에 봉선화 반만 벌어
해마다 피는 꽃을 나만 두고 볼 것인가
세세한 사연을 적어 누님께로 보내자.

누님이 편지 보며 하마 울까 웃으실까
눈 앞에 삼삼이는 고향집을 그리시고
손톱에 꽃물들이던 그 날 생각하시리.

양지에 마주 앉아 실로 찬찬 매어주던
하얀 손 가락가락이 연붉은 그 손톱을
지금은 꿈속에 보듯 힘줄만이 서누나.

♠누님에 대한 그리움을 노래한 시조이다. 봉선화는 눈물과 애환과 기다림의 꽃이다. 봉선화는 슬픔에 쌓인 우리 민족의 역사를 대변하는 꽃이며, 우리들의 누님의 한 맺힌 가슴에 피어난 설움의 꽃이다. 그리하여 김상옥 시인도 봉선화를 보고는 헤어진 누님을 생각한 것이다. 우리의 한(恨)과 추억을 담은 봉선화, 누님의 손톱을물들이던 그 봉선화의 이미지가 아름답게 그려져 있다.

백자부

찬 서리 눈보라에 절개 외려 푸르르고,
바람이 절로 이는 소나무 굽은 가지.
이제 막 백학(白鶴)한 쌍이 앉아 깃을 접는다.

드높은 부연 끝에 풍경세리 들리던 날
몹사리 기다리던 그린 임이 오셨을 제
꽃 아래 빚은 그 술을 여기 담아 오도다.

♠백자의 소박하고 아름다운 모습을 통하여 순박한 우리 겨레의 얼을 노래하고 있다. 백자에 그려진 소나무와 백합은 바로 우리 민족성을 나타내는 것들이다. 지칠 줄 모르는 끈기와 인내, 흰 것을 사랑하고 즐겨하는 깨끗하고 고고한 마음가짐이야말로 우리 겨레의 변

갸우숙 바위 틈에 불로초 돋아나고,
채운(彩雲) 비껴 날고 시냇물도 흐르는데,
아직도 사슴 한 마리 숲을 뛰어 드노다.

불 속에 구워내도 얼음같이 하얀 살결!
티 하나 내려와도 그대로 흠이 지다.
흙 속에 잃은 그 날은 이리 순박하도다.

치않는 순박한 얼이다. 시인은 백자를 통하여 이러한 우리 민족의 얼을 되살려내고 있다.

사 향(思鄕)

눈을 가만 감으면 굽이 잦은 풀밭 길이,
개울물 돌돌돌 길섶으로 흘러가고,
백양 숲 사립을 가린 초집들도 보이구요,

송아지 몰고 오며 바라보던 진달래도
저녁 노을처럼 산을 둘러 퍼질 것을.
어마씨 그리운 솜씨에 향그러운 꽃지짐.

어질고 고운 그들 멧남새도 캐어 오리.
집집 끼니마다 봄을 씹고 사는 마을.
감았던 그 눈을 뜨면 마음 도로 애젓하오.

♠동심을 그리며 삶의 애환을 노래한 작품이다. 눈을 감으면 연연하게 떠오르는 어린 시절의 추억이야 말로 우리의 영원한 마음의 고향이다. 버드나무 숲에 가린 초가집과 송아지를 몰고 오며 바라보던 진달래의 꽃망울, 그 향기로운 꽃지짐에 집집 끼니마다 봄을 씹고 사는 마을은 얼마나 아름다운가! 그러나 눈을 뜨면 고향은 벌써 멀고 먼 이상향이 되어버리고 만다.

다도해

쟁반에 담긴 쪽빛, 뉘가 여길 바다랬나!
멀리 구름 밖에 겹겹이 포개진 것.
그린 듯 고운 이마에 졸음마저 오누나.

♠해가 막 솟아오르는 다도해의 아름다운 풍경을 한폭의그림을 그리듯이 묘사한 작품이다.

이제 막 솟아오른 반만 핀 꽃봉오리
잠길 듯 둥근 연잎, 떠 있사 물굽이로
잔잔히 흐르는 돛대 나비 되어 숨는다.

어미소 곁에 노는 귀여운 망아지 떼.
송아지 뒤따르다 돌아보는 얼룩말들
점점이 꿈을 먹이는 푸른 벌판이구료.

다보탑

불꽃이 이리 튀고 돌조각이 저리 튀고
밤을 낮을 삼아 정소리가 요란하더니,
불국사 백운교에 탑이 솟아 오르다.

꽃쟁반 팔모 난간 층층이 고운 모양,
임의 손 간 데마다 돌옷은 새로 피고,
머리엔 푸른 하늘을 받쳐 이고 있도다.

♠다보탑의 아름다운 모습을 통하여 우리 겨레의 숭고한 얼을 찬양하고 있다. 탑이 건조되는 상태를 멋지게 그려내면서, 다 세워진 탑의 정교한 모습을 정갈한 언어(言語)의 끌로 다듬고 있다.

김상용(金尙鎔)

남으로 창을 내겠소

남으로 창을 내겠소.
밭이 한참 갈이
괭이로 파고
호미론 풀을 매지요.

구름이 꼬인다 갈 리 있소.

♠소박한 전원 생활에 대한 예찬을 주제로 한 시이다. 「문학」(1934. 2) 2호에 발표된 작품으로, 김상용의 대표작이다. 이 시에서의 '구름'은 인간 세상의 헛된 명리를 뜻한다.

새 노래는 공으로 들으랴오.
강냉이가 익걸랑
함께 와 자셔도 좋소.

왜 사냐건
웃지요

포　구(浦口)

슬픔이 영원해
사주(砂洲)의 물결은 깨어지고
묘막(杳漠)한 하늘 아래
고할 곳 없는 여정(旅情)이 고달파라.

눈을 감으니
시각(視覺)이 끊이는 곳에
추억이 더욱 가엾고

깜박이는 두 셋 등잔 아래엔
무슨 단란(團欒)의 실마리가 풀리는지……

별이 없어 더 서러운
포구의 밤이 샌다.

♠외로운 나그네의 회포를 노래한 시이다. 시집「망향」에 수록되어 있다.

반딧불

너는 정밀(靜謐)의 등촉
신부 없는 동방(洞房)에 잠그리라.

♠삶의 허무를 노래한 시이다. 별로 사상성이 깊은 시는 아니

부러워하는 이도 없을 너를
상징해 왜 내 맘을 빚었던지

지만, 재치가 한결 돋보이는 작품이다.

헛고대의 밤이 가면
설은 새 아침
가만히 네 불꽃은 꺼진다.

나

나를 반겨함인가 하여
꽃송이에 입을맞추면
전율한 만치 그 촉감은 싸늘해—

♠전원적이면서도 서구적인 시이다. 기발한 재치 속에 사색이 섬광처럼 번뜩이는 작품이다.

품에 있는 그대로
이해(理解) 저편에 있기로
'나'를 찾았을까?

그러나 기억과 망각의 거리
명멸하는 수없는 '나'의
어느'나'가 '나'뇨.

향 수(鄕愁)

인적 끊긴 산 속
돌을 베고 하늘을 보오.

♠제목 그대로 향수를 노래한 시이다. 구름이 흐르는 것을 보고 망연하게 고향을 그리워해야 하는 시인의 고독감이 잘 드러나 있다.

구름이 가고,
있지도 않은 고향이 그립소.

추 억

걷는 수음(樹陰) 밖에
달빛이 흐르고,
물에 씻긴 수정같이
내 애상(哀傷)이 호젓하다.

아—한 조각 구름처럼
무심하던들

♠추억은 언제나 아름다운 것이다. 그 아름다움 속에는 항상 기쁨보다는 슬픔이 뒤따른다. 왜 그럴까? 아름다움의 실체는 슬픔과 기쁨의 공존 형태이다. 슬픔과 기쁨이 함께 만나면 기쁨도 슬픔이 되고 만다. 애상어린 추억은 이렇듯 시인의 마음 속에서 새로운 미적표현으로 나타나는 것이다.

새벽 별을 잊고

새벽 별을 잊고
산국(山菊)의 "밝음"이 불러도
겨를없이
길만을 가노라.

길!
아아 먼 진흙길

머리를 드니
가을 석양에
하늘은 저러히 멀다.

높은 가지의
하나 남은 잎새!

오래만에 본
그리운 본향(本鄕)아.

♠시집「망향」에 실린 작품이다. 진실한 마음으로 인생의 길을 가는 시인의 굳은 의지가 담긴 시이다.

한잔 물

목마름 채우려던 한잔 물을
땅 위에 엎질렀다.

너른 바다 수많은 파두(波頭)를 버리고
하필 내 잔에 담겼던 물.

어느 절벽 밑 깨어진 굽이런지—
어느 산마루 어렸던 구름의 조각인지
어느 나뭇잎 위에
또 어느 꽃송이 위에
내려졌던 구슬인지—
이름 모를 골을 내리고
적고 큰 돌 사이를 지난 나머지
내 그릇을 거쳐
물은 제 길을 갔거니와……

허젓한 마음
그릇의 비임만을 남긴
아아 애닯은 추억아!

♠한 잔의 물을 통하여 허무하고 부질없는 인생을 노래하고 있다. 삶을 관조할 수 있는 사람만이 간직할 수 있는 태도를 가진 시인의 인생관이 시상의 발원이 되고 있음을 느낄 수 있다.

물고기 하나

웅덩이에 헤엄치는 물고기 하나
그는 호젓한 내 심사에 걸렸다.

돌새 너겁 밑을 갸웃거린들
지난 밤 져버린 달빛이

♠명랑하고 관조적인 시이다. 사물을 꿰뚫어보는 월파 김상용의 정한이 잘 드러나 있다.

허무로히 여직 비칠리야 있겠니?
지금 너는 또 다른 웅덩이로 길을 떠나노니
나그네 될 운명이
영원 끝날 수 없는 까닭이냐.

태 풍

죽음의 밤을 어질르고
문을 두드려 너는 나를 깨웠다.

어지러운 명마(兵馬)의 구치(驅馳)
창검의 맞부딪힘,
폭발, 돌격!
아아 저 포효(泡哮)와 섬광!

교란(攪亂)과 혼돈의 주재(主宰)여
꺾이고 부서지고,
날리고 몰려와
안일을 항락하는 질서는 깨진다.

새싹 자라날 터를 앗어
보수와 저애(阻碍)의 추명(醜名) 자취하던
어느 뫼의 썩은 등걸을
꺾고 온 길이냐.

풀 뿌리, 나뭇잎, 뭇 오예(汚穢)로 덮인
어느 항만을 비질하여
질식에 숨지려는 물결을
일깨우고 온 길이냐.

♠역사는 마치 회오리바람과 같다. 몰아치는 폭풍 앞에서 뿌리채 뽑혀지는 풀과 나무들, 이 엄청난 사건을 보면서 시인은 역사의 회오리를 생각한다. 꺾이고 부서지는 혼돈의 세계가 잘 나타나 있다. 기복이 심한 역사를 보고 시상을 전개한 작품이다.

어느 진흙 쌓인 구렁에
소낙비 쏟아 부어
중압(重壓)에 울던 단 샘물
웃겨 주고 온 길이냐.

파괴의 폭군!
그러나 세척과 갱신의 역군(役軍)아,
세차게 팔을 둘러
허섭쓰레기의 퇴적(堆積)을 쓸어 가라.

상인(霜刃)으로 심장을 헤쳐
사특, 오만, 순준(巡逡) 에어 버리면
순직과 결백에 빛나는 넋이
구슬처럼 새 아침도 빛나기도 하려니.

김소월(金素月)

금잔디

잔디
잔디
금잔디
심심 산천에 붙는 불은
가신 임 무덤가에 금잔디.
봄이 왔네, 봄빛이 왔네.
버드나무 끝에도 실가지에.
봄빛이 왔네, 봄날이 왔네.
심심 산천에도 금잔디에.

♠봄의 환희와 봄에 느끼는 애수의 정한을 주제로 하고 있다. 잔잔한 시냇물이 흐르는 듯한 애상적인 느낌을 주는 민요조의 시이다. 「개벽」(1922. 1) 19호에 발표한 작품이다.

초　혼(招魂)

산산히 부서진 이름이여!
허공중에 헤어진 이름이여!
불러도 주인 없는 이름이여!
부르다가 내가 죽을 이름이여!

심중에 남아 있는 말 한 마디
끝끝내 마저 하지 못하였구나.
사랑하던 그 사람이여!
사랑하던 그 사람이여!

붉은 해는 서산 산마루에 걸리었다.
사슴의 무리도 슬피 운다.
떨어져 나가 앉은 산 위에서
나는 그대의 이름을 부르노라.

설움에 겹도록 부르노라.
설움에 겹도록 부르노라.
부르는 그 소리는 비껴 가지만
하늘과 땅 사이가 너무 멀구나

선 채로 이 자리에 돌이 되어도
부르다가 내가 죽을 이름이여!
사랑하던 그 사람이여!
사랑하던 그 사람이여!

♠이 시는 그리움에 대한 정한(情恨)을 주제로 하고있다. '초혼(招魂)' 이란 혼을 부른다는 말이다. 사람이 죽으면 그 죽은 혼을 세번 부른 후에 장사 지내는 풍습이 있다. 비탄을 노래한 소월 시의 대표작 중의 한 편이다.

나 보기가 역겨워
가실 때에는
말없이 고이 보내 드리오리다.

영변에 약산
진달래꽃
아름 따다 가실 길에 뿌리오리다.

가시는 걸음 걸음
놓인 그 꽃을
사뿐히 즈려 밟고 가시옵소서.

나 보기가 역겨워
가실 때에는
죽어도 아니 눈물 흘리오리다.

♠이시 역시 소월의 대표작 중의 한편이다. 이별의 슬픔에대한 극복의 의지를 주제로 하고 있으며, 이 시에서의 진달래꽃은 바로 우리의 민족적인 임으로 승화되고 있다.「개벽」(1922. 7) 25호에 발표한 작품이다. 소월은 이 시에서 가시는 님을 곱게 보내면서 가실 때는 죽어도 눈물을 흘리지 않겠다는사랑의 역설적인 미학으로 노래하고 있다.

산유화(山有化)

산에는 꽃 피네.
꽃이 피네.
갈 봄 여름 없이
꽃이 피네.

산에
산에
피는 꽃은
저만치 혼자서 피어 있네.

산에서 우는 작은 새여

♠이 시는 고독하고 순수한 삶의 모습을 주제로 하고 있다. 산에는 갈 봄 여름 없이 꽃이 핀다. 그러나 속세가 아닌 산에서 피는 꽃은 저만치혼자서 피어 있다. 어쩔 수 없이 속세와는 거리감을 가져야 하는 산에서 피는 꽃은 순수한 삶을살아가는 고독한 시인의 모습 바로 그것이다.

꽃이 좋아
산에서
사노라네.

산에는 꽃 지네
꽃이 지네.
갈 봄 여름 없이
꽃이 지네.

접동새

접동
접동
아우래비 접동

진두강 가람가에 살던 누나는
진두강 앞 마을에
와서 웁니다.

옛날 우리 나라
먼 뒤쪽의
진두강 가람가에 살던 누나는
의붓어미 시샘에 죽었읍니다.

누나라고 불러 보랴
오오 불설워
시샘에 몸이 죽은 우리 누나는
죽어서 접동새가 되었읍니다.

♠이 시는 접동새를 통하여 육친애(肉親愛)의 정한을 노래한 작품이다. 「배재」(1923. 3) 2호에 수록되어 있다.

아홉이나 남아 되는 오랍동생을
죽어서도 못 잊어 차마 못 잊어
야삼경 남 다 자는 밤이 깊으면
이 산 저 산 옮아가며 슬피 웁니다.

먼 후일

먼 후일 당신이 찾으시면
그 때에 내 말이 "잊었노라"

당신이 속으로 나무라면
"무척 그리다가 잊었노라"

그래도 당신이 나무라면
"무척 그리다가 잊었노라"

오늘도 어제도 아니 잊고
먼 후일 그 때에 "잊었노라"

♠기다림의 정한을 주제로 한 시이다. 반복법과 대화법을 사용하여 시의 애절한 영상을 효과적으로 살리고 있다. 「학생계」(1920. 7) 1호에 발표한 작품이다. 소월은 오산중학 재학 시절에 이 작품을 썼다.

못 잊어

못 잊어 생각이 나겠지요
그런 대로 한 세상 지내시구려
사노라면 잊힐 날 있으리다.

못 잊어 생각이 나겠지요
그런 대로 세월만 가라시구려
못 잊어도 더러는 잊히오리다.

♠이 시의 원래의 제목은 〈사욕절(思欲絶)〉이었다. 「개벽」(1923. 5) 35호에 발표하였으며, 주제는 그리움이다. 이별한 임생각이 나더라도 세월만 가면 잊힐 수 있을 것이라는 시인의 아픔은 도치법의 표현에 의해 결국 임생각을 버릴 수 없다는 것을 강조하고 있다.

그러나 또 한껏 이렇지요
"그리워 살뜰히 못 잊는데
어쩌면 생각이 떠지나요?"

길

어제도 하룻밤
나그네 집에
까마귀 까악까악 울며 새였소.

오늘은
또 몇 십 리
어디로 갈까.

산으로 올라갈까
들로 갈까
오라는 곳이 없어 나는 못 가오.

말 마소 내 집도
정주 곽산
차 가고 배 가는 곳이라오.

여보소 공중에
저 기러기
공중엔 길 있어서 잘 가는가.

여보소 공중에
저 기러기
열 십자 복판에 내가 섰소.

♠방황하는 시인의 마음을 잘 나타내주고 있는 시이다. 시어(詩語)의 구사가 매우 훌륭하다.

갈래갈래 갈린 길
길은 있어도
내게 바이 갈 길은 하나 없소.

예전엔 미처 몰랐어요

봄 가을 없이 밤마다 돋는 달도
"예전엔 미처 몰랐어요"

이렇게 사무치게 그리울 줄도
"예전엔 미처 몰랐어요"

달이 암만 밝아도 쳐다볼 줄을
"예전엔 미처 몰랐어요"

이제금 저 달이 설움인 줄을
"예전엔 미처 몰랐어요"

♠설움과 애한의 정서가 풍기는 민요조시이다. 달을 소재로 하여 사랑의 생성과 이별의 아쉬움을 애절하게 표출해낸 수작이다. 「개벽」(1923. 5) 35호에 발표된 작품이다.

가는 길

그립다
말을 할까
하니 그리워.

그냥 갈까
그래도
다시 더 한번……

♠그리움을 주제로 한 시이다. 우리의 전통적인 가락과 호흡에 맞추어 쓴 작품으로, 특히 언어의 기교가 주는 운율이 이 시를 살려주고 있다.

56

저 산에도 까마귀, 들에 까마귀
서 산에는 해 진다고
지저귑니다.

앞 강물 뒷 강물
흐르는 물은
어서 따라 오라고 따라 가자고
흘러도 연달아 흐릅디다려.

산

산새도 오리나무
위에서 운다

산새는 왜 우노 시메 산골
영 넘어 갈려고 그래서 울지

눈은 내리네 와서 덮이네
오늘도 하룻 길은
칠팔십 리
돌아서서 육십 리는 가기도 했소

불귀(不歸) 불귀 다시 불귀
삼수 갑산에 다시 불귀
사나이 속이라 잊으련만
십 오 년 정분을 못잊겠네

산에는 오는 눈, 들에는 녹는 눈
산새도 오리나무

♠향토적인 감각으로 사랑과 이별의 정한을 노래한 작품이다. 「개벽」(1922)에 수록되어 있다.

위에서 운다
삼수 갑산 가는 길은 고개의 길

해가 산마루에 저물어도

해가 산마루에 저물어도
내게 두고는 당신 때문에 저뭅니다.

해가 산마루에 올라와도
내게 두고는 당신 때문에 밝은 아침이라고
할 것입니다.

땅이 꺼져도 하늘이 무너져도
내게 두고는 끝까지 모두다 당신 때문에 있
읍니다.

다시는, 나의 이러한 맘뿐은, 때가 되면,
그림자같이 당신한테로 가오리다.

오오, 나의 애인이었던 당신이여.

♠이 시는 사랑하는 님에 대한 간절한 그리움을 주제로 하고 있다. 이 세상을 살아가는 '목적' 그 자체가 바로 '사랑하는 님을 위해서'인 것이다. 해가 저무는 것도, 아침이 밝아오는 것도, 하늘이 무너지는 것조차도 모두 사랑하는 님을 위해 존재하고 이루어지는 것이다. 실로 넘쳐 흐르는 지극한 사랑을 나타낸 시라고 할 수있다.

엄마야 누나야

엄마야 누나야 강변 살자.
뜰에는 반짝이는 금모래 빛.
뒷문 밖에는 갈잎의 노래.
엄마야 누나야 강변 살자.

♠고향에의 향수와 인간애에 대한 그리움을 주제로 하고 있는 이 시는 동요같은 느낌을 준다. 기승전결이 뚜렷한 4행시이다.

김수돈(金洙敦)

소연가(召燕歌)

꽃 향(香)이 밤그늘의 품에 안겨
끝이 없는 넓은 지열을
돌고 돌며 펼쳐와
슬픔이 남아 있는 먼 추억을 건드리면
나는 아직도
너를 사랑하고 있는 것을
분명히 알고 만다.

새 주둥이 같은 입술이
빨간 열매를 쫓으려던 유혹에
너도 여인이므로
타박타박 고개 숙인 채 걸어간 것을

지금은 다시 돌아오렴
열린 창앞을 쫓는 제비같이
나도 나를 찾아오렴.

♠봄이 되면 생각나는 한 여인에 대한 그리움을 노래한 시이다.

고 향

고향은
노고지리가 초록빛 꿈을 꾸는
하늘을 가졌다.

폴폴 날리는 아지랭이를 호흡하며
실냉이도 자라고

♠이 시의 주제는 고향에 대한 그리움이다. 추억에 묻힌 고향의 모습이 꿈결처럼 펼쳐진 시이다.

할미꽃 진달래 송이송이 자라고

태고적 어느 신화의 여신이 속삭였다는
사랑의 밀봉(密蜂)의 울안처럼
왱왱 풍성하다.

언덕을 지내고 시내를 건너고
봄은 노래 맞아
고향으로 간다.
고향은

아직도 내 마음에
너그럽다

김수영(金洙暎)

푸른 하늘을

푸른 하늘을 제압하는
노고지리가 자유로왔다고
부러워하던
어느 시인의 말은 수정되어야 한다.

자유를 위해서
비상(飛翔)하여 본 일이 있는
사람이면 알지
노고지리가
무엇을 보고
노래하는가를

♠진정한 의미의 자유와 선각자의 고독을 노래한 현실 참여의 주지시이다.

어째서 자유에는
피의 냄새가 섞여 있는가를
혁명은
왜 고독한 것인가를

혁명은
왜 고독해야 하는 것인가를.

현대식 교량

현대식 교량을 건널 때마다 나는 갑자기 회고주의자가 된다.
이것이 얼마나 죄가 많은 다리인 줄 모르고
식민지의 곤충들이 24시간을
자기의 다리처럼 걸어 다닌다.
나이 어린 사람들은 어째서 이 다리가 부자연스러운지를 모른다.
그러니까 이 다리를 건너갈 때마다
나는 나의 심장을 기계처럼 중지시킨다.
(이런 연습을 나는 무수히 해 왔다.)

그러나 문제는 이러한 반항에 있지 않다.
저 젊은이들의 나에 대한 사랑에 있다.
아니 신용이라고 해도 좋다.
"선생님 이야기는 20년 전 이야기이지요."
할 때마다 나는 그들의 나이를 찬찬히
소급해 가면서 새로운 여유를 느낀다.
새로운 역사라고 해도 좋다.

♠현대의 과도기적인 역사의 흐름을 비유하여 쓴 시이다. 사회 발전에 대한 기본 원리의 이해와 애정을 주제로 하고 있다.

이러한 경이는 나를 늙게 하는 동시에 젊게
한다.
아니 늙게 하지도 젊게 하지도 않는다.
이 다리 밑에서 엇갈리는 기차처럼
늙음과 젊음의 분간이 서지 않는다.
다리는 이러한 정지의 증인이다.
젊음과 늙음이 엇갈리는 순간
그러한 속력의 정돈(停頓) 속에서
다리는 사랑을 배운다.

정말 희한한 일이다.
나는 이제 적을 형제로 만드는 실증을
똑똑하게 천천히 보았으니까!

풀

♠약자의 강인한 생명력을 노래한 주지시이다. 고통받는 민중의 끈질긴 의지를 풀에 비유하여 나타내고있다.

풀이 눕는다.
비를 몰아 오는 동풍에 나부껴
풀은 눕고 드디어 울었다.
날이 흐려서 더 울다가 다시 누웠다.

풀이 눕는다.
바람보다도 더 빨리 눕는다.
바람보다 더 빨리 울고
바람보다 먼저 일어난다.

날이 흐르고 풀이 눕는다.
발목까지
발밑까지 눕는다.
바람보다 늦게 누워도

바람보다 먼저 일어나고
바람보다 먼저 웃는다.
날이 흐르고 풀뿌리가 눕는다.

김 억(金億)

삼수 갑산(三水甲山)

삼수갑산 가고지고
삼수갑산 어디메냐
아하 산첩첩에 흰구름만 쌓이고 쌓였네.

♠이 작품은 민요적인 애수가 어린 시이다. 고향을 그리워하는 마음을 주제로 하고 있다.

삼수갑산 보고지고
삼수갑산 아득코나
아하 촉도난(蜀道難)이 이보다야 더할소냐.

삼수갑산 어디메냐
삼수갑산 내 못 가네
아하 새더라면 날아 날아 가련만도.

삼수갑산 가고지고
삼수갑산 보고지고
아하 원수로다 외론 꿈만 오락가락.

봄은 간다·

밤이도다
봄이다

밤만도 애달픈데

♠봄밤에 느끼는 애수를 주제로 하고있는 이 시는 신체시적인 교훈성이나 한문체의 표현을 탈피한 민요적인 서정시이다. 「태서문예신보」(1918.

봄만도 생각인데

날은 빠르다
봄은 간다

깊은 생각은 아득이는데
저 바람에 새가 슬피 운다

검은 내 떠돈다
종소리 비낀다

말도 없는 밤의 설움
소리 없는 봄의 가슴

꽃은 떨어진다
님은 탄식한다.

물 레

물레나 바퀴는
실실이 시르렁
어제도 오늘도 홍겨이 돌아도
사람의 한 생(生)은 시름에 돈다오.

물레나 바퀴는
실실이 시르렁
외마디 겹마리 실마리 풀려도
꿈같은 세상은 가두새 얽힌다.

언제는 실마리 잠자던 도련님
인제는 뭇 풀어 날 잡고 운다오.

11) 제9호에 수록되어 있다.

♠이 시는 인생의 어찌할 수없는 고뇌와 시름을 주제로 하고 있다. 전형적인 민요풍의 3·3조 정형시이다. 물레를 통하여 세월의 흐름과 인생의 애환을 잘 나타내고 있다.

물레나 바퀴는
실실이 시르렁
원수의 도련님 실마리 풀어라
못 풀 걸 왜 감고 날다려 풀리나.

사공의 아내

모래밭 스며드는 하얀 이 물은
넓은 바다 동해를 모두 휘돈 물.

저편은 원산 항구 이편은 장전(長箭)
고기잡이 가장님 들고나는 길

모래밭 사록사록 스며드는 물
몇 번이나 내 손을 씻고 스친고.

몇 번이나 이 물에 어리었을까?
들고나며 우리 님 검은 그 얼굴.

♠'해변 소곡'이란 부제가 붙어있는 작품으로, 주제는 바다에 대한 찬미이다. 「시원」(1935.2)에 수록되어 있다.

오다 가다

오다 가다 길에서
만난 이라고
그저 보고 그대로
갈 줄 아는가.

뒷산은 청청(青青)
풀 잎사귀 푸르고

♠옛정을 그리는 인간의 정을 주제로 하고 있는 이 시는 7·5조를 바탕으로 한 민요풍의 정형시이다. 잠시 스치듯 만난 인연이라도 결코 잊을 수 없다는 우리 민족 특유의 인정미가 넘쳐 흐르는 작품이다.

앞바단 중중(重重)
흰 거품 밀려 든다

산새는 죄죄
제 흥을 노래하고
바다엔 흰 돛
옛 길을 찾노란다.

자다 깨다 꿈에서
만난 이라고
그만 잊고 그대로
갈 줄 아는가.

십리 포구 산 너먼
그대 사는 곳
송이송이 살구꽃
바람과 논다.

수로(水路) 천리 먼먼 길
왜 온 줄 아나.
예전 놀던 그대를
못 잊어 왔네.

연분홍

봄바람 하늘하늘 넘노는 길에
연분홍 살구꽃이 눈을 틉니다.

연분홍 송이송이 못내 반가와

♠만남과 이별을 주제로 하고 있는 이 시 역시 7·5조 민요풍의 정형시이다. 꽃과 나비의 만남과 이별을 통해 자연의 무상한 변화와 인생의 추이감을 노

나비는 너훌너훌 춤을 춥니다.

봄바람 하늘하늘 넘노는 길에
연분홍 살구꽃이 나부낍니다.

연분홍 송이송이 바람에 지니
나비는 울며울며 돌아섭니다.

래하고 있다.

비

포구 십 리에 보슬보슬
쉬지 않고 내리는 비는
긴 여름날의 한나절을
모래알만 올려 놓았소.

기다려선 안 오다가도
설운 날이면 보슬보슬
만나도 못코 떠나버린
그 사람의 눈물이던가.

설운 날이면 보슬보슬
어영도(魚泳島)라 갈매기떼도
지차귀가 축축히 젖어
너흘너흘 날아를 들고.

자취 없는 물길 삼백 리
배를 타면 어디를 가노
남포 사공 이 내 낭군님
어느 곳을 지금 헤매노.

♠그리움을 주제로 하고있는 시이다. 보슬비 내리는 날의 쓸쓸함과 그 우수를 읊은 감상적인 서정시이다. 「안서시집」(1929. 4)에 수록되어 있다.

김영랑(金永郎)

끝없는 강물이 흐르네

내 마음의 어딘 듯 한 편에 끝없는
강물이 흐르네.

돋쳐 오르는 아침 날빛이 뻔질한
은결을 돋우네.
가슴엔 듯 눈엔 듯 또 핏줄엔 듯
마음이 도른도른 숨어 있는 곳
내 마음의 어딘 듯 한 편에 끝없는
강물이 흐르네.

♠생명의 환희를 노래한 시이다. 강물은 곧 생명의 흐름을 의미한다. 끝없이 흐르는 생명의 환희, 그것은 곧 우리의 마음이 숨어있는 어느 곳이라도 존재하며 흐른다.「시문학」(1930. 3) 창간호에 발표된 작품으로, 원래는 〈소곡(1)〉로 발표하였다.

모란이 피기까지는

모란이 피기까지는,
나는 아직 나의 봄을 기다리고 있을 테요.
모란이 뚝뚝 떨어져 버린 날,
나는 비로소 봄을 여윈 설움에 잠길 테요.
오월 어느 날, 그 하루 무덥던 날,
떨어져 누운 꽃잎마저 시들어 버리고는
천지에 모란은 자취도 없어지고
뻗쳐 오르던 내 보람 서운하게 무너졌느니,
모란이 지고 말면 그뿐, 내 한해는 다 가고
  말아,
삼백 예순날 하냥 섭섭해 우옵내다.
모란이 피기까지는,
나는 아직 기다리고 있을 테요, 찬란한 슬픔의

♠미적 세계의 동경과 기다림을 주제로 하고 있는 이 시는 김영랑의 대표작이다. 이 시에서의 모란은 봄일 수도 있고이 상일 수도 있으며 조국 광복일 수도 있다. 모란을 소재로 한 유미주의적인 명시이다.「문학」(1934. 4) 3호에 발표된 작품이다.

봄을.

언덕에 바로 누워

언덕에 바로 누워
아슬한 푸른 하늘 뜻없이 바래다가
나는잊었읍네 눈물 도는 노래를
그 하늘 아슬하야 너무도 아슬하야

이 몸이 서러운 줄 언덕이야 아시련만
마음의 가는 웃음 한 때라도 없드라냐
아슬한 하늘 아래 귀여운 맘 질기운 맘
내 눈은 감기었네 감기었네

♠연모하는 시인의 마음을 주제로 하고 있는 이 시는 운율 구조가 뛰어난 반면 의미면이 약한 흠이 있다.「시문학」(1930 3) 창간호에 발표된 작품이다.

돌 담에 속삭이는 햇살

돌담에 속삭이는 햇살같이
풀 아래 웃음 짓는 샘물같이
내 마음 고요히 고운 봄길 위에
오늘 하루 하늘을 우러르고 싶다.

새악시 볼에 떠오는 부끄럼같이
시의 가슴에 살포시 젖는 물결같이
보드레한 에메랄드 얇게 흐르는
실비단 하늘을 바라보고 싶다.

♠인간의 모든 감정을 배제하고, 오직 원색적인 서정만을 노래한 시이다. 주제는 봄날의 간절한 그리움이다.

내 마음을 아실 이

내 마음을 아실 이
내 혼자 마음 날같이 아실 이
그래도 어디나 계실 것이면

내 마음에 때때로 어리우는 티끌과
속임없는 눈물의 간곡한 방울방울
푸른 밤 고이 맺는 이슬 같은 보람을
보낸 듯 감추었다 내어 드리지.

아! 그립다.
내 혼자 마음 날같이 아실 이
꿈에나 아득히 보이는가.

향 맑은 옥돌에 불이 달아
사랑은 타기도 하오련만
불빛에 연긴 듯 희미론 마음은
사랑도 모르리 내 혼자 마음은,

♠아름답고 순수한 마음 속에 깃든 고독감을 노래한 시이다. 내 마음을 알아줄 진정한 연인을 염원하여 쓴 작품이다. 「시문학」(1931. 3) 3호에 발표되었다.

4행시(四行詩)

1
임 두시고 가는 길의 애끈한 마음이여
한숨 쉬면 꺼질 듯한 조매로운 꿈길이여
이 밤은 캄캄한 어느 뉘 시골인가
이슬같이 고인 눈물을 손끝으로 깨치나니

2
풀 위에 맺어지는 이슬을 본다.
눈썹에 아롱지는 눈물을 본다
풀 위엔 정기가 꿈같이 오르고

♠이별의 설움과 봄의 아늑한 마음을 주제로 한 시이다. 「영랑시집」에 수록된 작품이다.

가슴은 간곡히 입을 벌린다.

3

좁은 길가에 무덤이 하나
이슬에 젖이우며 밤을 새인다
나는 사라져 저 별이 되오리
뫼 아래 누워서 희미한 별을

4

저녁 때 저녁 때 외로운 마음
붙잡지 못하여 걸어다님을
누구라 불어 주신 바람이기로
눈물을 눈물을 빼앗아 가오

5

무너진 성터에 바람이 세나니
가을은 쓸쓸한만 뿐이구려
희끗희끗 산국화 나부끼면서
가을은 애닯다 속삭이느뇨

6

뵈지도 않는 입김의 가는 실마리
새파란 하늘 끝에 오름과 같이
대숲의 숨은 마음 기여 찾으려
삶은 오로지 바늘 끝같이

7

푸른 향물 흘러버린 언덕 위에
내 마음 하루살이 내래로다
보실보실 가을눈〔眼〕이 그 나래를 치며
허공의 속삭임을 들으라 한다.

8

허리띠 매는 시악시 마음실같이
꽃 가지에 은은한 그늘이 지면
흰 날의 내 가슴 아지랭이 낀다.

흰 날의 내 가슴 아지랭이 낀다.

5월

들길은 마을에 들자 붉어지고
마을 골목은 들로 내려서자 푸르러진다
바람은 넘실 천 이랑 만 이랑
이랑 이랑 햇빛이 갈라지고
보리도 허리통이 부끄럽게 드러났다
꾀꼬리는 엽태 혼자 날아볼 줄 모르나니
암컷이라 쫓길 뿐
수놈이라 쫓을 뿐
황금 빛난 길이 어지럴 뿐
얇은 단장하고 아양 가득 차 있는
산봉우리야 오늘 밤 너 어디로 가버리련?

♠이 시의 주제는 싱싱한 오월의 풍경과 생명에 대한 예찬이다. 입체감과 색체감이 짙은 회화성이 두드러진 작품이다. 「문장」(1939. 7) 6호에 발표되었다.

가늘한 내음

내 가슴 속에 가늘한 내음
애끈히 떠도는 내음
저녁해 고요히 지는 제
머언 산 허리에 슬리는 보라빛

오! 그 수심뜬 보라빛
내가 잃은 마음의 그림자
한이틀 정열에 뚝뚝 떨어진 모란의
깃든 향취가 이 가슴 놓고 갔을 줄이야

♠순수한 서정을 읊은 시이다. 운율성이 강한 작품으로, 「시문학」(1930. 6) 2호에 발표되었다.

얼결에 여윈 봄 흐르는 마음
헛되이 찾으려 허덕이는 날
뻘 위에 처얼썩 갯물이 놓이듯
얼컥 니이는 후끈한 내음

아! 후끈한 내음 내키다 마아는
서언한 가슴에 그늘이 도오나니
수심 띠고 애끈하고 고요하기
산허리에 슬리는 저녁 보라빛

오—매 단풍 들겠네

“오—매 단풍 들겠네”
장광에 골붉은 감잎 날아와
누이는 놀란 듯이 치어다보며
“오—매 단풍 들것네”

추석이 내일모래 기둘리리
바람이 잦이어서 걱정이리
누이의 마음아 나를 보아라
“오—매 단풍 들것네”

♠영랑의 대표작 중의 한 편으로 꼽히는 시이다. 밝은 가락과 아름다운 시상(詩想)이 잘 조화된 명시이다.

땅거미

가을날 땅거미 아름풋한 흐름 위에
고요히 실리우다 휜뜻 스러지는 것

잊은 봄 보라빛의 낡은 내음이요

♠인생의 허무와 그리움을 주제로 한 시이다. ‘미는 영원한 기쁨이다’라고 말한 키이츠의 신조를 지니고 있는 김영랑의 유미주의적인 작품이다.

임의 사라진 천 리 밖의 산울림
오랜 세월 시닷긴 으스름한 파스텔

애닯은 듯한
좀 서러운 듯한

오! 모두 다 못 돌아오는
머언 지난 날의 놓친 마음

춘 향

큰 칼 쓰고 옥에 든 춘향이는
제 마음이 그리도 독했던가 놀래었다.
성문이 부서져도 이 악물고
사또를 노려보던 교만한 눈
그는 옛날 성 학사(成學士) 박 팽년이
불짓임에도 태연하였음을 알았었니라
오! 일편단심

원통하고 독한 마음 잠과 꿈을 이뤘으랴
옥방 첫날 밤은 길고도 무서워라
설움이 사무치고 지쳐 쓸어지면
남강(南江)의 외론 혼은 불리워 나왔으니
논개! 어린 춘향을 꼭 안아
밤새워 마음과 살을 어루만지다
오! 일편단심

사랑이 무엇이기
정절이 무엇이기

♠고전 속의 춘향이를 통해 일제의 암흑기를 노래한 시이다. 변학도를 일제의 압박으로, 춘향이를 수난받는 우리 민족의 현실로 은유하여 작품을 이끌어 감으로써 가슴에 쌓인 설움을 역사의 회랑 위에 모두 쏟아놓고 있다.

그 때문에 꽃의 춘향 그냥 옥사하단 말가
지네 구렁이 같은 변 학도의
흉칙한 얼굴에 까물아쳐도
어린 가슴 달큼히 지켜 주는 도련님 생각
오! 일편 단심

상하고 멍든 자리 마디마디 문지르며
눈물을 타고 남은 간을 젖어 내렸다.
버들잎이 창살에 선뜻 스치는 날도
도련님 말방울 소리는 아니 들렸다.
삼경을 세오다가 그는 그만 단장(斷腸)하다.
두견이 울어 두견이 울어 남원 고을도 깨어지고
오! 일편 단심

깊은 겨울 밤 비바람은 우루루루
피칠해 논 옥 창살을 들이치는데
옥 죽음한 원귀들이 구석구석에 휙휙 울어
청절(淸節) 춘향도 혼을 잃고 몸을 버려
버렸다.
밤 새도록 까무러치고
해 돋을 녘 깨어나다
오! 일편 단심

믿고 바라고 눈 아프게 보고 싶던 도련님이
죽기 전에 와 주셨다 춘향은 살았구나
쑥대 머리 귀신 얼굴 된 춘향이 보고
이 도령은 잔인스레 웃었다. 저 때문의
정절(貞節)이 자랑스러워
"우리 집이 팍 망해서 상거지가 되었지야"
틀림없는 도련님 춘향은 원망도 안 했니라.
오! 일편 단심

모진 춘향이 그 밤 새벽에 또 까무라쳐서는
영 다시 깨어나진 못했었다, 두견은 울었건만
도련님 다시 뵈어 한은 풀었으나 살아날 가망
은 아주 끊기고
왼몸 푸른 맥도 팍 풀려 버렸을 법
출도 끝에 어사는 춘향의 몸을 거두어 울다
"내 변가보다 잔인무지하여 춘향을 죽였구나"
오 ! 일편 단심.

김용호(金容浩)

눈 오는 밤에

♠눈 오는 밤의 서정을 주제로 하고있는 이 시는 아늑하고 외로운 느낌을 주는 정한을 간직하고 있다.

오누이들의
정다운 얘기에
어느 집 질화로엔
밤알이 토실토실 익겠다.

콩기름 불
실고추처럼 가늘게 피어나던 밤

파묻은 불씨를 헤쳐
잎담배를 피우며

"고놈, 눈동자가 초롱 같애."
내 머리를 쓰다듬어 주시던 할머니,
바깥엔 연방 눈이 내리고,
오늘 밤처럼 눈이 내리고,
다만 이제 나 홀로
눈을 밟으며 간다.

오우버 자락에
구수한 할머니의 옛 얘기를 싸고,
어린 시절의 그 눈을 밟으며 간다.

오누이들의
정다운 얘기에
어느 집 질화로엔
밤알이 토실토실 익겠다.

5 월의 유혹

곡마단 트럼펫 소리에
탑은 더 높아만 가고
유유히 젖빛 구름이 흐르는

산봉우리
분수인 양 치오르는 가슴일랑
네게 맡기고 사양에 서면
풍겨 오는 것
아기자기한 라일락 향기
계절이 부푸는 이 교차점에서
청춘은 함초롬이 젖어나고
넌 이브인가
푸른 유혹이 깃들여
감미롭게 핀
황홀한
5 월

♠싱그러운 계절 오월이 주는 낭만과 감각적인 정서를 상징적인 표현 기법으로 승화시킨 시이다. 생명의 근원에 대한 충일감을 주제로 하고 있으며, 시집「향연」(1941)에 수록되어 있다.

5 월이 오면

무언가 조용히
가슴 속을 흐르는 게 있다.
가느다란 여울이 되어
흐르는 것.

이윽고 그것은 흐름을 멈추고 모인다.
이내 호수가 된다.
아담하고 정납고 부드러운 호수가 된다.
푸르름의 그늘이 진다.
잔 무늬가 물살에 아롱거린다.

드디어 너, 아리따운
모습이 그 속에 비친다.

오월이 오면
호수가 되는 가슴

그 속에 언제나 너는
한 송이 꽃이 되어 피어난다.

♠이 시의 주제는 그리움이다. 소녀적인 정감으로 순수하고 부드러운 사모의 정을 노래하고 있다.

가을의 동화(童話)

호수는 커다란 비취,
물 담은 하늘

산산한 바람은
호젓한 나뭇잎에 머물다
구름다리를 건너
이 호수로 불어 온다.

♠동심의 추억과 향수에 대한 그리움을 주제로 한 시이다. 어느 가을날, 맑고 고요한 호수가에서 어린 시절을 생각하는 시인의 마음은 매우 담백하고 구김살이 없다. 한 편의 동화를 보는 듯한 느낌을 준다.

아른거리는 물무늬.

나는
한 마리의 잠자리가 된다.
나래에 가을을 싣고 맴돌다.
호숫가에 앉으면
문득 고향.

고향은 가을의 동화를
가만가만 내게 들려 준다.

김종한(金鍾漢)

살구꽃처럼

살구꽃처럼
살구꽃처럼
전광 뉴스대에 하늘거리는
전쟁은 살구꽃처럼 만발했소

음악이 혈액처럼 흐르는 이 밤

살구꽃처럼
살구꽃처럼 흩날리는 낙하산 부대
낙화ㄴ들 꽃이 아니랴
쓸어 무삼 하리오.

음악이 혈액처럼 흐르는 이 밤

♠'산문이 될 수 없는 관념을 가진 부분이 시가 되고, 거기서 시문학의 독자성과 자율성이 분화된다'고 말하는 작자(作者)의 시세계가 잘 나타난 시이다.

청제비처럼 날아오는 총알에
맞받이로 정중선(正中線)을 얻어맞고
살구꽃처럼 불을 토하며
살구꽃처럼 떨어져 가는 융커기(機)

음악은 혈액처럼 흐르는데

달무리 같은
달무리 같은 나의 청춘과
마지노선(線)과의 관련, 말씀이죠?
제발 그것만은 묻지 말아 주세요.

음악은 혈액처럼 흘러 흘러

고향 집에서 편지가 왔소
전주(全州) 백지 속에 하늘거리는
살구꽃은
살구꽃은 전쟁처럼 만발했소

음악이 혈액처럼 흐르는 이 밤
살구꽃처럼 차라리 웃으려오
음악이 혈액처럼 흐르는 이 밤
전쟁처럼
전쟁처럼 살구꽃이 만발했소

김해강(金海剛)

가던 길 멈추고
—마의 태자 묘를 지나며

골짝을 예는
바람결처럼
세월은 덧없이
가신 지 이미 천 년.

한(恨)은 길건만
인생은 짧아
큰 슬픔도 지내다니
한 줌 흙이러뇨.

잎 지고
비 뿌리는 저녁
마음 없는 산새의
울음만 가슴 아파

천고(千古)에 씻지 못할 한
어느 곳에 멈추신고.
나그네의 어지러운 발끝에
찬 이슬만 채어.

조각 구름은
때없이 오락가락하는데
옷소매를 스치는
한 떨기 바람.

가던 길
멈추고 서서
막대 짚고
고요히 머리 숙이다.

♠마의태자에 대한 추모와 애도의 정을 읊은 시이다. 시인이 홀로 마의태자의 무덤을 찾았을 때 느낀 회포와 정경이 시에 잘 나타나 있다. 망국의 한과 인생의 무상이 시의 전편에 깃들어 있다. 시집「동방서곡」에 수록된 작품이다.

출범(出帆)의 노래

해는 오르네.
둥실 둥실 둥실 둥실……
어어 내 젊은 가슴에도 붉은 해 오르네
둥실 둥실 둥실 둥실……

바다는 춤 추네.
추울렁 출렁 · 추울렁 출렁
어어 내 젊은 가슴에도 바다는 춤추네.
추울렁 출렁 · 추울렁 출렁

바닷 바람에 햇발을 쪼각 쪼각 깨물며,
돛대 끝에 높이 달린 깃발은 펄럭인다.
퍼얼럭 펄럭 · 퍼얼럭 펄럭……

어어 내 젊은 가슴에도 깃발은 시원스리 펄럭인다.
퍼얼럭 펄럭 퍼얼럭 펄럭……

닻을 감아라
배는 떠난다.

바다라도 육지라도 드쉬려는
우리 젊은이들 그득 실은 배는 떠난다.

북소리 둥 둥
북소리 둥 둥

오색 테이프줄 줄줄이 늘이고

♠미래에 대한 꿈과 의지를 노래한 작품이다. 「조선지광」(1928)에 수록되어 있다.

바다를 두쪽에 푸른 물결을 차며
배는 떠난다.

두발은 펄펄
불 붙은 얼굴에
구리 북채를 들어 북을 둥 둥 울리며

배는 떠난다.
새날을 실러 가는 배는 떠난다.

산상 고창(山上高唱)

산도 들도 마을도 저자도
한결같이 눈 속에 고요히 잠든
오오 푸른 월광이 굽이쳐 흐르는
백색의 요람이여!

골짝을 지나 비탈을 돌아
그리고 강뚝을 넘어 들판을 꿰어……
끝없이 뻗은 두 줄기의 수레바퀴
달빛이 빛나는 두 줄기의 수레바퀴

오오 발 아래 엎어져 꿈꾸는 대지여!
네 병 앓는 유방(乳房)을 물고
네 싸늘한 품에 안겨 보채는 야윈 아기들
가늘게 떨리는 그들의 숨결 위에
너는 무슨 보표(譜表)를 꽂아 주려느냐.

네 요람의 어린 딸들이여!

♠눈 속에 묻힌 산하를 보고향토적인 목소리로 노래한 시이다. 정열적이면서도 낭만적인 풍취가 시의 전편을 흐르고 있다.

눈 덮인 지붕 밑에는
꿈길이 아직도 멀구나

내 마음 파랑새 되어
그대들의 보채는 숨결 위에
봄 소식을 물어 날으리!
창공을 떠받고 기차게 서 있는 모악(母岳)
백파(白波)를 걷어차고 내 닫는 변산의 연봉
오오 발 아래 엎어져
새벽을 숨쉬는 대지여!
달려와 내 가슴에 안기라!

창공을 쏘아 떨어뜨리고
해 뜨는 가슴에 와 안기라.
남쪽 하늘 밑에 숨쉬는 황해바다!
구름이 백장미인 양 피어 오르는 곳
그리로 흘러가면 달밤의 시화가 있을 듯싶어
강반(江畔)의 모래들을 5리나 따라갔었네만
그 밤 나 홀로 들은 건
향수에 빠진 기러기 외마디 울음……
간간이 들려오는 상선(商船)의 허거픈 Bo였
음네.

김현승(金顯承)

눈 물

더러는
옥토에 떨어지는 작은 생명이고저……

♠심화된 생명의 순결성을 주
제로 하고있는 이 시는 일종의

흠도 티도,
금가지 않은
나의 전체는 오직 이뿐!

더욱 값진 것으로
드리라 하올 제,
나의 가장 나의종 지닌 것도 오직 이뿐.

아름다운 나무의 꽃이 시듦을 보시고
열매를 맺게 하신 당신은

나의 웃음을 만드신 후에
새로이 나의 눈물을 지어 주시다.

서정시이다. 김현승은 이 시에서 눈물은 맑고 깨끗한 '나의 전체'이며, 절대자는 아름답고 변하지 않는 눈물을 만들어 생애의 가장 '값진 생명'으로 살게 하였음을 강조하고 있다.

플라타나스

꿈을 아느냐 네게 물으면,
플라타나스,
너의 머리는 어느 덧 파아란 하늘에 젖어있다.

너는 사모할 줄 모르나
플라타나스,
너는 네게 있는 것으로 그늘을 늘인다.

먼 길에 올 제,
호울로 되어 외로울 제,
플라타나스
너는 그 길을 나와 같이 걸었다.

♠이 시는 고독에 대한 반려를 주제로 하고 있다. 전체가 다섯 연으로 된 서정시이며, 김현승의 대표작 중의 한 편이다. '플라타나스를 소재로 하여 각자의 고독한, 그러나 꿈을 가진 삶의 반려를 노래하고 있다'고 김현승은 그의 시감상을 말하고 있다.

이제 너의 뿌리 깊이
나의 영혼을 불어 넣고 가도 좋으련만,
플라타나스,
나는 너와 함께 신이 아니다!

수고스로운 우리의 길이 다하는 어느 날,
플라타나스,
너를 맞아 줄 검은 흙이 먼 곳에 따로이
있느냐
나는 길이 너를 지켜 네 이웃이 되고 싶을 뿐
그곳은 아름다운 별과 나의 사랑하는 창이
열린 길이다.

가을의 기도

♠가을의 염원을 절대자에게 호소하고 있는 시이다. 「김현승시초」(1957. 12. 10)에 수록된 작품이다.

가을에는
기도하게 하소서……
낙엽들이 지는 때를 기다려 내게 주신
겸허한 모국어로 나를 채우소서

가을에는
사랑하게 하소서……
오직 한 사람을 택하게 하소서.
가장 아름다운 열매를 위하여 이 비옥한
시간을 가꾸게 하소서.

가을에는
호올로 있게 하소서……

나의 영혼,
굽이치는 바다와
백합의 골짜기를 지나,
마른 나무가지 위에 다다른 까마귀같이……

파 도

아, 여기 누가
술 위에 술을 부었나.
잇발로 깨무는
흰 거품 부글 부글 넘치는
춤추는 땅—바다의 글라스여.

아, 여기 누가
가슴들을 뿌렸나.
언어는 선박처럼 출렁이면서
생각에 꿈틀거리는 배암의 잔등으로부터
영원히 잠들 수 없는,
아, 여기 누가 가슴을 뿌렸나.

아, 여기 누가
성보다 깨끗한 짐승들을 몰고 오나.
저무는 도시와
병든 땅엔
머언 수평선을 그어 두고
오오오오 기쁨에 사나운 짐승들을
누가 이리로 몰고 오나.

아, 여기 누가

♠죽음의 불안을 깔고있는 생의 파토스적인 면을 주제로 한 시이다. 「현대문학」(1967.10.)에 발표된 작품이다.

죽음 위에 우리의 꽃들을 피게 하나.
얼음과 불꽃 사이
영원한 깜짝할 사이
죽음의 깊은 이랑과 이랑을 따라
물에 젖은 라일락의 향기
저 파도의 꽃 떨기를 칠월의 한 때
누가 피게 하나.

절대 고독

나는 이제야 내가 생각하던
영원의 먼 끝을 만지게 되었다.
그 끝에서 나는 하품을 하고
비로소 나의 오랜 잠을 깬다.

내가 만지는 손끝에서
아름다운 별들은 흩어져 빛을 잃지만
내가 만지는 손끝에서
나는 무엇인가 내게로 더 가까이 다가오는
따스한 체온을 느낀다.

그 체온으로 내게서 끝나는 영원의 먼 끝을
나는 혼자서 내 가슴에 품어 준다.
나는 내 눈으로 이제는 그것들을 바라본다.

그 끝에서 나의 언어들을 바람에 날려 보내며,
꿈으로 고이 안을 받친 내 언어의 날개들을
이제는 티끌처럼 날려 보낸다.

♠영원한 세계에서의 새로운 자아 발견을 주제로 하고 있는 이 시는 모더니즘 계열의 견고한 비유로 이루어진 작품이다. 알종의 관념시로 영원한 세계에 대한 자기 생명의 정신을확인하고 있다. 시집「절대고독」(1970. 11)에 수록된 작품이다.

나는 내게서 끝나는
무한의 눈물겨운 끝을
내 주름 잡힌 손으로 어루만지며 어루만지며,
더 나아갈 수 없는 그 끝에서
드디어 입을 다문다—나의 시는.

김형원(金炯元)

벌거숭이의 노래

1
나는 벌거숭이다.
옷 같은 것은 나에게 쓸데없다.
나는 벌거숭이다.
제도 인습은 고인(古人)의 옷이다.
나는 벌거숭이다.
시비도 모르고 선악도 모르는,
2
나는 벌거숭이다. 그러나 나는
두루마기까지 갖추어 단정히 옷을 입은
제도와 인습에 추파를 보내어 악수하는
썩은 내가 몰씬몰씬 나는 구도덕에 코를 박은,
본능의 폭풍 앞에 힘없이 항복한 어린 풀이다.
3
나는 어린 풀이다.
나는 벌거숭이다.
나에게는 오직 생장이 있을 뿐이다.
태양과 모든 성신(星辰)이 운명하기까지,
나에게는 생명의 감로(甘露)가 내릴 뿐이다.

♠이 시에서의 '벌거숭이'는 과거의 낡은 제도와 인습의 옷을 벗는 사람을 의미한다. 주제는 인습에 대한 부정과 새시대를 맞는 자각과 개척정신이다. 투박하고 건강한 시어(詩語)의 사용으로 강한 이미지를 제공해주고 있지만, 한편으로는 언어가 다듬어지지 않아 거친 흠이 있는 게 아쉽다.

온 누리의 모든 생물들로 더불어,
나는 영원히 생장(生長)의 축배를 올리련다.

그리하여 나는 노래하려 한다.
만물의 영장이라는 감투를 쓴 사람으로부터
똥통을 우주로 아는 구더기까지,
그러나 형제들아,
내가 그대들에게 이러한 노래를
(모순되는 듯한 나의 노래를)
서슴지 않고 보내는 것을 기뻐하라.
새로운 종족아! 나의 형제들아!
그대들은 떨어진 옷을 벗어 던지자.

남궁벽(南宮璧)

풀

풀, 여름 풀
요요끼(代代木)들의
이슬에 젖은 너를
지금 내가 맨발로 삽붓삽붓 밟는다.
여인의 입술에 입맞추는 마음으로.
참으로 너는 땅의 입술이 아니냐.

그러나 네가 이것을 야속다 하면
그러면 이렇게 하자—
내가 죽으면 흙이 되마.
그래서 네 뿌리 밑에 가서

♠인간과 자연과의 친화를 주제로 하고있는 시이다. 「폐허」(1921. 1) 2호에 발표한 작품으로, 인간과 풀을 일체로 보고, 그 윤회적인 사랑을 노래하고 있다. 이 시에서의 '요요끼(代代木)'는 일본 동경에 있는 들판의 이름이다.

너를 북돋아 주마꾸나.

그래도 야속다 하면
그러면 이렇게 하자—
너나 내나 우리는
불사(不死)의 둘레를 돌아다니는 중생이다.
그 영원의 역정(歷程)에서 닥드려 만날 때에
마치 너는 내가 되고
나는 네가 될 때에
지금 내가 너를 삽붓 밟고 있는 것처럼
너도 나를 삽붓 밟아 주려무나.

별의 아픔

임이시여, 나의 임이시여, 당신은
어린 아이가 뒹굴을 때에
감응적으로 깜짝 놀라신 일이 없으십니까.

임이시여, 나의 임이시여, 당신은
세상 사람들이 지상의 꽃을 비틀어 꺾을 때에
천상의 별이 아파한다고는 생각지 않으십니까.

♠이 시 역시 동양적인 윤회사상을 바탕으로 하고있다. 「신생활」(1922.8) 8호에 발표한 작품이다.

말(馬)

말님
나는 당신이 웃는 것을 본 일이 없읍니다.
언제든지 숙명을 체관(諦觀)한 것 같은 얼굴로
간혹 웃는 일은 있으나

♠동양적인 윤회사상의 바탕으로 쓰여진 시로서 힘만의 지배는 결국 심판에 의하여 뒤바뀐다는 것을 주제로 하고 있다.

그것은 좀처럼 하여서는 없는 일이외다.
대개는 침묵하고 있읍니다.
그리고 온순하게 물건을 운반도 하고
사람을 태워 가지고 달아나기도 합니다.

말님, 당신의 운명은 다만 그것뿐입니까.
그러하다는 것은 너무나 섭섭한 일이외다.
나는 사람의 힘으로는 어찌할 수 없는
사람의 악을 볼 때
항상 내세의 심판이 꼭 필요하다고 생각합니다.
그와 같이
당신이 운명을 생각할 때
항상 당신도 사람이 될 때가 있고
사람도 당신이 될 때가 있지 않으면 안 되겠다고
생각합니다.

「신생활」(1922. 8) 8호에 수록된 작품이다.

노자영(盧子泳)

불 사루자

아, 빨간 불을 던지라, 나의 몸 위에
그리하여 모두 태워 버리자
나의 피, 나의 뼈, 나의 살!
〈전적(全的)〉 자아를 모두 태워 버리자!

아, 강한 불을 던지라, 나의 몸 위에
그리하여 모두 태워 버리자
나의 몸에 붙어 있는 모든 애착, 모든 인습
그리고 모든 설움 모든 아픔을

♠진실을 추구하는 시인의 마음을 주제로 한 시이다. 거짓과 가면 투성이의 사회에서 벗어나 진실의 나라에서 살겠다는 시인의 굳은 의지가 잘 나타나 있다. 「백조」(1923. 6) 3호에 발표된 작품이다.

〈전적〉 자아를 모두 태워 버리자

아, 횃불을 던지라, 나의 몸 위에
그리하여 모두 태워 버리자
나의 몸에 숨겨 있는 모든 거짓, 모든 가면을

오 그러면 나는 불이 되리라
타오르는 불꽃이 되리라
그리하여 불로 만든 새로운 자아에 살아 보리
라

불 타는 불, 나는 영원히 불나라에 살겠다
모든 것을 사루고, 모든 것을 녹이는 불나
라에 살겠다.

노천명(盧天命)

길

솔밭 사이로 솔밭 사이로 걸어 들어가자면
불빛이 흘러 나오는 고가(古家)가 보였다.

거기—
벌레 우는 가을이 있었다.
벌판에 눈 덮인 달밤도 있었다.

흰나리꽃이 향을 토하는 저녁
손길이 흰 사람들은

♠자유를 절제하여 시를 쓴 목이 긴 여인 노천명, 그녀는 언제나 정서를 모아 눈물로써 시를 짰다. 비둘기같이 순한 마음으로 못내 기다리면서 그녀만의 길을 홀로 간 고고한 여생을 느끼게 하는 시이다.

꽃술을 따 문 병풍의
사슴을 이야기했다.

솔밭 사이로 솔밭 사이로 걸어
지금도
전설처럼—
고가엔 불빛이 보이련만

숱한 이야기들이 생각날까봐
몸을 소스라침을
비둘기같이 순한 마음에서……

푸른 오월

청자빛 하늘이
육모정 탑 위에 그린 듯이 곱고
연못 창포잎이
여인네 맵시 위에
감미로운 첫여름이 흐른다.

라일락 숲에
내 젊은 꿈이 나비처럼 앉는 정오
계절의 여왕 오월의 푸른 여신 앞에
내가 웬 일로 무색하고 외롭구나.

밀물처럼 가슴 속으로 몰려드는 향수를
어찌하는 수없어
눈은 먼 데 하늘을 본다.

♠오월이 주는 신선한 감각과 희망을 노래한 서정시이다. 슬픔과 기쁨이 서로 만나는 계절의 여왕 오월의 싱싱한 서정이 이 시를 한결 돋보이게 한다. 시집「창변」(1945. 2) 에 수록된 작품이다.

긴 담을 끼고 외딴 길을 걸으며 걸으며
생각이 무지개처럼 핀다.

풀냄새가 물큰
향수보다 좋게 내 코를 스치고

청머루순이 벋어나오던 길섶
어디메선가 한나절 꿩이 울고.

나는
활나물, 호납나물, 젓가락나물, 참나물을 찾던
잃어버린 날이 그립지 아니한가, 나의 사람아.

아름다운 노래라도 부르자.
서러운 노래를 부르자.

보리밭 푸른 물결을 헤치며
종달새 모양 내 마음은
하늘 높이 솟는다.

오월의 창공이여!
나의 태양이여!

남사당(男寺黨)

나는 얼굴에 분칠을 하고
삼단 같은 머리를 땋아내린 사나이
초립에 쾌자를 걸친 조라치들이
날라리를 부는 저녁이면

♠남사당패의 생활상을 세심하게 그려낸 작품이다. 여자로 분장한 사나이의 얼굴에 나타난 슬픔을 통하여 방랑자의 정회를 쏟아놓고 있다.

다홍치마를 두르고 나는 향단이가 된다.
이리하여 장터 어느 넓은 마당을 빌어
「람프」불을 돋운 포장 속에선
내 남성(男聲)이 십분 굴욕된다.

산 넘어 지나 온 저 동리엔
은반지를 사주고 싶은
고운 처녀도 있었건만
다음 날이면 떠남을 짓는,
처녀야!
나는 〈짚시〉의 피였다.
내일은 또 어느 동리로 들어간다냐.

우리들의 소도구를 실은
노새의 뒤를 따라
산딸기의 이슬을 털며
길에 오르는 새벽은
구경꾼을 모으는 날라리 소리처럼
슬픔과 기쁨이 섞여 핀다.

고 별

어제 나에게 찬사와 꽃다발을 던지고
우뢰같은 박수를 보내주시던 인사(人士)들
오늘은 멸시의 눈초리로 혹은 무심히
내 앞을 지나쳐 버린다.

청춘을 바친 이 땅
오늘 내 머리에는 용수가 씌워졌다.

♠현실에 대한 도피감으로 쓴 시이다. 노천명은 6.25때 부역한 사실로 형무소에서 산 적이 있었다. 이 시는 그 때 쓴 시이다.

고도에라도 좋으니 차라리 머언 곳으로
나를 보내다오.
뱃사공은 나와 방언이 달라도 좋다.

내가 떠나면
정든 책상은 고물상이 업어갈 것이고
아끼던 책들은 천덕꾼이가 되어 장터로 나갈
게다.

나와 친하던 이들, 또 나를 시기하던 이들
잔을 들어라 그대들과 나 사이에
마지막인 작별의 잔을 높이 들자.

우정이라는 것, 또 신의라는 것,
이것은 다 어디 있는 것이냐
생쥐에게나 뜯어 먹게 던져 주어라.

온갖 화근이었던 이름 석 자를
갈기갈기 찢어서 바다에 던져버리련다.
나를 어디 떨어진 섬으로 멀리멀리 보내 다오.

눈물 어린 얼굴을 돌이키고
나는 이곳을 떠나련다.
개 짖는 마을들아
닭이 새벽을 알리는 촌가(村家)들아
잘 있거라.

별이 있고,
하늘이 있고,
거기 자유가 닫혀지지 않는 곳이라면,

이름 없는 여인이 되어

어느 조그만 산골로 들어가
나는 이름 없는 여인이 되고 싶소.
초가 지붕에 박넝쿨 올리고
삼밭엔 오이랑 호박을 놓고
들장미로 울타리를 엮어
마당엔 하늘을 욕심껏 들여놓고
밤이면 실컷 별을 안고
부엉이가 우는 밤도 내사 외롭지 않겠오.

기차가 지나가 버리는 마을
놋양푼의 수수엿을 녹여 먹으며
내 좋은 사람과 밤이 늦도록
여우 나는 산골 얘기를 하면
삽살개는 달을 짖고
나는 여왕보다 더 행복하겠오.

♠이 시는 여류 시인 노천명의 지극히 단순한 소망을 읊은 노래이다. 평범한 주부가 되어 행복하게 살고싶은 그녀의 마음이 간절하게 표출되고 있다. 그러나 그녀의 소망과는 달리 현실은 그렇지가 못했다. 그녀는 한 평생을 미혼 여성으로 고독과 싸우며 시를 쓰지 않으면 안되었던 것이다. 엄청난 무게로 압도해 오는 자신의 운명을 시(詩)라는 바구니에 담아 여과시켜 새로운 이미지로 부각시켜 놓았다. 그녀는 고독 속에서 늘 수준 높은 작품을 창작하였고, 고독과 싸우기 위해 항상 시를 쓰는 여성처럼 보였다. 그녀의 모든 작품은 고독과 절망으로 부터의 자유, 그리고 순종하는 인내의 기다림으로 점철되어 있다.

사 슴

모가지가 길어서 슬픈 짐승이여.
언제나 점잖은 편 말이 없구나.
관이 향기로운 너는
무척 높은 족속이었나 보다.

물속의 제 그림자를 들여다보고
잃었던 전설을 생각해 내고는,
어찌할 수 없는 향수에
슬픈 모가지를 하고

♠노천명의 삶을 대표하는 시이다. 고고하게 살아가는 여류 시인의 자세와 속세와는 타협하지 않는 자연의 숭고함을 각각 노래하고 있다. 이 시에서의 사슴은 곧 노천명 자신이다. 고독 속에서 자존심과 슬픔을 억누르고 체념상태로 삶을 지속해 가는 그녀의 삶의 철학이 서정적으로 깔린 작품이다.

먼 데 산을 바라본다.

장 날

대추 밤을 돈사야 추석을 차렸다.
이십리를 걸어서 열하룻장을 보러 떠나는
　새벽,
막내딸 이쁜이는 대추를 안 준다고 울었다.

송편 같은 반달이 싸리문 위로 돋고,
건너편 성황당 사시나무 그림자가 무시무시
　한 저녁,
나귀 방울에 지껄이는 소리가 고개를 넘어
　가까와지면,
이쁜이보다 삽살개가 먼저 마중을 나갔다.

♠옛 고향에 대한 추억과 장날의 아름다운 풍속을 노래한 시이다. 시골의 가을 새벽과 저녁무렵에 장을 보러 오가는 풍습이 그림처럼 묘사되어 있다. 「여성」(1939)에 처음 발표된 작품이다.

고 독

변변치 못한 화를 받던 날
어린애처럼 울고 나서
고독을 사랑하는 버릇을 지었읍니다.

번잡이 이처럼 싱크러울 때
고독은 단 하나의 친구라 할까요

그는 고요한 사색의 호숫가로
나를 달래 데리고 가
내 이지러진 얼굴을 비추어 줍니다.

♠제목이 주는 이미지는 바로 노천명 자신의 이미지라고도 할 수 있다. 퍽 내성적이고 깔끔한 성격이 적나라하게 표출된 시이다. 노천명의 시다운 외로움이 잘 나타나 있다. 주제는 고독과 가까이하려는 시인의 마음이다.

고독은 오히려 사랑스러운 것
함부로 친할 수도 없는 것
아무나 가까이 하기도 어려운 것인가봐요.

고 향

언제든 가리
마지막엔 돌아가리.
목화꽃이 고운 내 고향으로
조밥이 맛 있는 내 고향으로
아이들 하눌타리 따는 길머리엔
학림사 가는 달구지가 조을며 지나가고
대낮에 여우가 우는 산골
등잔 밑에서
딸에게 편지 쓰는 어머니도 있었다.
둥글레 산에 올라 무릇을 캐고
접중화 싱아 뻐꾹새 장구채 범부채
마주재 기룩이 도라지 체니 곰방대
곰취 참두릅 홋잎나물을
뜯는 소녀들은
말끝마다 꽈 소리를 찾고
개암쌀을 까며 소녀들은
금방망이 은방망이 놓고 간
도깨비 얘기를 즐겼다.
목사가 없는 교회당
회당지기 전도사가 강도상을 치며
설교하는 산골이 문득 그리워
아프리카서 온 반마(班馬) 처럼
향수에 잠기는 날이 있다.

♠고향을 그리워하는 시인의 마음이 잘 나타나 있다. 언젠가는 고향으로 돌아가 살다 죽고싶다는 소박한 꿈이 외로운 시인의 가슴을 통해 시로서 승화된 작품이다. 「인문평론」(1940.6)에 발표되었었다.

언제든 가리
나중엔 고향 가 살다 죽으리.
메밀꽃이 하아얗게 피는 곳
나뭇짐에 함박꽃을 꺾어오던 총각들
서울 구경이 원이더니
차를 타보지 못한 채 마을을 지키겠네.

꿈이면 보는 낯익은 동리
우거진 덤불에서
찔레순을 꺾다 나면 꿈이었다.

모윤숙(毛允淑)

기다림

천 년을 한 줄 구슬에 꿰어
오시는 길을 한 줄 구슬에 이어 드리겠읍니다.
하루가 천 년에 닿도록
길고 긴 사무침에 목이 메오면
오시는 길엔 장미가 피어 지지 않으오리다.
오시는 길엔 달빛도 그늘지지 않으오리.

먼 먼 나라의 사람처럼
당신은 이 마음의 방언(方言)을 왜 그리 몰라
　들으십니까?
우러러 그리움이 꽃 피듯 피오면
그대는 저 오월강 위로 노를 저어 오시렵니까?

감추인 사랑이 석류알처럼 터지면

♠혼자서 애태우며 사랑을 기다리는 시인의 애절한 마음이 잘 나타나 있다. 이 시의 주제는 바로 끝없는 사랑의 기다림이다.

그대는 가만히 이 사랑을 안으려나이까?
내 곁에 계신 당신이온데
어이 이리 멀고 먼 생각의 가지에서만
사랑은 방황하다 돌아서 버립니까?

이 생명을

임이 부르시면 달려 가지요.
금띠로 장식한 치마가 없어도
진주로 꿰멘 목도리가 없어도
임이 오시라면 나는 가지요.

임이 살라시면 사오리다.
먹을 것 메말라 창고가 비었어도
빚덤이로 영집 채찍 맞으면서도
임이 살라시면 나는 살아요.

죽음으로 갚을 길이 있다면 죽지요.
빈 손으로 임의 앞을 지나다니요.
내 임의 원이라면 이 생명을 아끼오리.
이 심장의 온 피를 다 빼어 바치리다.

무엔들 사양하리, 무엔들 안 바치리.
창백한 수족에 힘 나실 일이라면
파리한 임의 손을 버리고 가다니요.
힘 잃은 그 무릎을 버리고 가다니요.

♠임에 대한 지극히 순수한 사랑을 주제로 하고있는 시이다. 변해가는 세태 속에서도 물질적인 조건을 초월하는 다만 순수한 정신과 이념으로 순애를 노래하고 있다. 시집 「빛나는 지역」에 실려있는 작품이다.

묵 도

나에게 시원한 물을 주든지
뜨거운 불꽃을 주셔요
덥지도 차지도 않은 이 울타리 속에서
어서 나를 처리해 주셔요

주여 나를 이 황혼 같은 빛깔에서 빼 내시와
캄캄한 저주를 내리시든지
광명한 복음을 주셔요
이 몸이 다아 시들기 전에 오오 주여

♠삶을 초월한 달관에의 염원을 노래한 시이다.

어머니의 기도

높이 잔물지는 나뭇가지에
어린 새가 엄마 찾아 날아들면,
어머니는 매무시를 단정히 하고
산 위 조그만 성당 안에 촛불을 켠다.
바람이 성서를 날릴 때
그리로 들리는 병사의 발자국 소리들!
아들은 어느 산맥을 지금 넘나 보다.
쌓인 눈길을 헤엄쳐
폭풍의 채찍을 맞으며
적의 땅에 달리고 있나 보다.
애달픈 어머니의 뜨거운 눈엔
피 흘리는 아들의 십자가가 보인다.
주여!
이기고 돌아오게 하옵소서.
이기고 돌아오게 하옵소서.

♠전쟁터에 나간 아들의 무운(武運)을 비는 어머니의 정성을 노래한 시이다. 전쟁터에서 조국의 안위를 위해 싸우고 있을 아들을 생각하는 어머니의 마음은 곧 나라 사랑하는 시인의 마음과도 통한다. 시집「풍랑」(1951)에 수록된 작품이다.

국군은 죽어서 말한다
—나는 광주 산곡을 헤매다가 문득 혼자 죽어 넘어진 국군을 만났다.

산 옆 외따른 골짜기에
혼자 누워 있는 국군을 본다.
아무 말, 아무 움직임 없이
하늘을 향해 눈을 감은 국군을 본다.

누른 유니폼 햇빛에 반짝이는 어깨의 표지
그대는 자랑스런 대한민국의 소위였고나.
가슴에선 아직도 더운 피가 뿜어 나온다.

장미 냄새보다 더 짙은 피의 향기여!
엎드려 그 젊은 주검을 통곡하며
나는 듣노라! 그대가 주고 간 마지막 말을

나는 죽었노라, 스물 다섯 젊은 나이에
대한민국의 아들로 나는 숨을 마치었노라.
질식하는 구름과 바람이 미쳐 날뛰는 조국의
산맥을 지키다가
드디어 드디어 나는 숨지었노라.

내 손에는 범치 못할 총자루, 내 머리엔 깨
지지 않을 철모가 씌워져
원수와 싸우기에 한 번도 비겁하지 않았노라.
그보다도 내 핏속엔 더 강한 대한의 혼이 소리
쳐
나는 달리었노라. 산과 골짜기, 무덤 위와
가시 숲을

♠전쟁의 상흔을 보면서 느낀 시인의 조국애를 승화시킨 시이다. 자유와 조국애를 주제로 하고 있으며, 시인은 시 속에서 나라를 위하여 목숨을 기꺼이 던진 젊은 국군을 통하여 애국심을 민족 앞에 호소하고 있다. 시집「풍랑」(1951)에 수록 되어 있다.

이 순신같이, 나폴레옹같이, 시이저같이,
조국의 위협을 막기 위해 밤낮으로
앞으로 앞으로 진격! 진격!
원수를 밀어 가며 싸웠노라.
나는 더 가고 싶었노라. 저 원수의 하늘까지
밀어서 밀어서 폭풍우같이 모스크바 크레믈
린탑까지
밀어 가고 싶었노라.

내게는 어머니, 아버지, 귀여운 동생들도 있
노라.
어여삐 사랑하는 소녀도 있었노라.
내 청춘은 봉오리지어 가까운 내 사람들과
함께
이 땅에 피어 살고 싶었었나니
아름다운 저 하늘에 무수히 나르는
내 나라의 새들과 함께
나는 자라고 노래하고 싶었노라.
나는 그래서 더 용감히 싸웠노라. 그러다가
죽었노라.
아무도 나의 주검을 아는 이는 없으리라.
그러나 나의 조국, 나의 사랑이여!
숨지어 넘어진 내 얼굴의 땀방울을
지나가는 미풍이 인처럼 다정하게 씻어주고
저 하늘의 푸른 별들이 밤새 내 외롬을 위안
해 주지 않는가?

나는 조국의 군복을 입은 채
골짜기 풀숲에 유쾌히 쉬노라.
이제 나는 잠에 피곤한 몸을 쉬이고

저 하늘에 나르는 바람을 마시게 되었노라.
나는 자랑스런 내 어머니 조국을 위해 싸웠고
내 조국을 위해 또한 영광스리 숨지었노니
여기 내 몸 누운 곳 이름 모를 골짜기에
밤 이슬 내리는 풀숲에 나는 아무도 모르게 우는
나이팅게일의 영원한 짝이 되었노라.

바람이여! 저 이름 모를 새들이여!
그대들이 지나는 어느 길 위에서나
고생하는 내 나라의 동포를 만나거든
부디 일러 다오. 나를 위해 울지 말고 조국을
위해 울어 달라고
저 가볍게 날으는 봄나라 새여
혹시 네가 날으는 어느 창가에서
내 사랑하는 소녀를 만나거든
나를 그리워 울지 말고 거룩한 조국을 위해
울어 달라 일러다고.

조국이여! 동포여! 내 사랑하는 소녀여!
나는 그대들의 행복을 위해 간다.
내가 못 이룬 소원, 물리치지 못한 원수,
나를 위해 내 청춘을 위해 물리쳐 다오.
물러감은 비겁하다. 항복보다 노예보다 비겁하다.
둘러싼 군사가 다아 물러가도 대한민국 국군아!
너만은
이 땅에서 싸워야 이긴다. 이 땅에서 죽어야
산다.
한번 버린 조국은 다시 오지 않으리라,
다시 오지 않으리라.

보라! 폭풍이 온다. 대한민국이여!

이리와 사자 떼가 강과 산을 넘는다.
내 사랑하는 형과 아우는 서백리아 먼 길에
유랑을 떠난다.
운명이라 이 슬픔을 모른체 하려는가?
아니다. 운명이 아니다. 아니 운명이라도 좋다.
우리는 운명보다는 강하다. 강하다.

이 원수의 운명을 파괴하라. 내 친구여!
그 억센 팔 다리. 그 붉은 단군의 피와 혼,
싸울 곳에 주저말고 죽을 곳에 죽어서
숨지려는 조국의 생명을 불러 일으켜라.
조국을 위해선 이 몸이 숨길 무덤도 내 시체를 담을
작은 관도 사양하노라.

오래지 않아 거친 바람이 내 몸을 쓸어가고
저 땅의 벌레들이 내 몸을 즐겨 뜯어가도
나는 즐거이 아들과 함께 벗이 되어 행복해질
조국을 기다리며
이 골짜기 내 나라 땅에 한 줌 흙이 되기 소원이노라.

산 옆 외따른 골짜기
혼자 누운 국군을 본다.
아무말, 아무 움직임 없이
하늘을 향해 눈을 감은 국군을 본다.
누런 유니폼 햇빛에 반짝이는 어깨의 표지
그대는 자랑스런 대한민국의 소위였고나.
가슴에선 아직 더운 피가 뿜어 나온다.

장미 냄새보다 더 짙은 피의 향기여!
엎드려 그 젊은 주검을 통곡하며
나는 듣노라. 그대가 주고 간 마지막 말을.

박남수(朴南秀)

손

물상(物像)이 떨어지는 순간,
휘뚝, 손은 기울며
허공에서 기댈 데가 없다.
얼마나 오랜 세월을
손은 소유하고
또 놓쳐 왔을까.

잠깐씩 가져 보는
허무의 체적(體積).

그래서 손은 노하면
주먹이 된다.
주먹이 풀리면
손바닥을 맞부비는
따가운 기운이 된다.

얼마나 오랜 세월을 손은
빈 짓만 되풀어 왔을까.

손이
이윽고 확신한 것은,

♠인간의 욕망과 삶의 허무를 잘 나타낸 시이다. 주제는 인간의 허무의식이다.

역시 잡히는 것은
아무 것도 없다는 것뿐이었다.

새

1
하늘에 깔아 논
바람의 여울터에서나
속삭이듯 서걱이는
나무의 그늘에서나, 새는
노래한다. 그것이 노래인 줄도 모르면서
새는 그것이 사랑인 줄도 모르면서
두 놈이 부리를
서로의 죽지에 파묻고
다스한 체온을 나누어 가진다.

새는 울어
뜻을 만들지 않고,
지어서 교태로
사랑을 가식(假飾)하지 않는다.

3
──포수는 한 덩이 납으로
그 순수(純粹)를 겨냥하지만,

매양 쏘는 것은
피에 젖은 한마리 상한 새에 지나지 않는다.

♠이 시는 순수가치의 옹호와 추구를 그 주제로 하고 있다. 순수한 새의 마음을 통하여 진실과 순수의 영원성을 강조한 시이다. 「신천지」(1959.3)에 발표한 작품이다.

종소리

나는 떠난다. 청동(青銅)의 표면에서
일제히 날아가는 진폭(振幅)의 새가 되어
광막한 하나의 울음이 되어
하나의 소리가 되어.

인종(忍從)은 끝이 났는가.
청동의 벽에
'역사'를 가두어 놓은
칠흑의 감방에서.

나는 바람을 타고
들에서는 푸름이 된다.
꽃에서는 웃음이 되고
천상에서는 악기가 된다.

먹구름이 깔리면
하늘의 꼭지에서 터지는
뇌성(雷聲)이 되어
가루 가루 가루의 음향이 된다.

♠종소리를 의인화하여 쓴 시이다. 소리의 감각 세계를 형상화한 작품으로 주제는 소리의 물체화와 감각화이다.

박 두진(朴斗鎭)

하 늘

하늘이 내게로 온다.
여릿여릿
머얼리서 온다.

하늘은, 머얼리서 오는 하늘은

♠자연과의 친화를 주제로 한 시이다. 하늘은 생명의 근원이요, 영혼의 보금자리이다. 이러한 하늘을 시화(詩化) 한 작품이 바로 이 시이다. 시집 「해」(1949. 5. 15)에 수록되어 있다.

호수처럼 푸르다.

호수처럼 푸른 하늘에
내가 안긴다. 온 몸이 안긴다.

가슴으로, 가슴으로
스미어드는 하늘
향기로운 하늘의 호흡.

따가운 별,
초가을 햇볕으로
목을 씻고,

나는 하늘을 마신다.
자꾸 목말라 마신다.

마시는 하늘에
내가 익는다.
능금처럼 내 마음이 익는다.

묘지송(墓地松)

북망(北忙)이래도 금잔디 기름진데 동그란
 무덤들 외롭지 않으이.

♠죽음에 대한 관조와 착한 사람들에게 보내는 시인의 애정을 읊은 시이다.

무덤 속 어둠에 하이얀 촉루가 빛나리, 향
 기로운 죽음의 내도 풍기리.
살아서 설던 주검 죽었으매 이내 안 서럽고
 언제 무덤 속 화안히 비춰 줄 그런 태양만
 이 그리우리.

금잔디 사이 할미꽃도 피었고, 삐이 삐이 배 벳종! 멧새 들도우는데, 봄빗 포근한 무덤에 수검들이 누웠네.

도 봉(道峯)

산새도 날아와 우짖지 않고,
구름도 떠 가곤 오지 않는다.

인적 끊인 곳
홀로 앉은 가을 산의 어스름.

호오이 호오이 소리 높여
나는 누구도 없이 불러 보나,
울림은 헛되이 빈 골 골을 되돌아올 뿐.

산 그늘 길게 늘이며
붉게 해는 넘어가고
황혼과 함께 이어 별과 밤은 오리니,

삶은 오직 갈수록 쓸쓸하고,
사랑은 한갓 괴로울 뿐.

그대 위하여 나는 이제도, 이
긴 밤과 슬픔 갖거니와,

이 밤을 그대는, 나도 모르는
어느 마을에서 쉬느뇨?

♠조국을 그리는 괴롭고 적막한 심정이 깃들어 있는 작품이다. 일제에 빼앗긴 조국의 광복을 염원하며 쓴 시이다. 「청록집」(1946)에 수록되어 있다.

설악부(雪岳賦)

1

부여안은 치마자락, 하얀 눈바람이 흩날린다.
골이고 봉우리고 모두 눈에 하얗게 뒤덮였다.
사뭇 무릎까지 빠진다. 나는 예가 에디 저 북
극이나 남극 그런 데로만 생각하며 걷는다.
파랗게 하늘이 얼었다. 하늘에 나는 후우 입김
을 뿜어 본다. 스러지며 올라간다. 고요오하
다. 너무 고요하여 외롭게 나는 태고(太古)!
태고에 놓여 있다.

♠일제의 암흑 속에서도 조국의 광복을 비는 마음과 미래를 향한 굳은 신념과 희망을 나타낸 시이다. 「문장」(1940. 11)에 발표된 작품이다.

2

왜 이렇게 나는 자꾸만 산만 찾아 나서는 걸까
——내 영원한 어머니……. 내가 죽으면 백
골이 이런 양지 짝에 묻힌다. 외롭게 묻어라.
꽃이 피는 때, 내 푸른 무덤엔, 한 포기 하늘빛
도라지꽃이 피고, 거기 하나 하얀 산나비가
날아라. 한마리 멧새도 와 울어라. 달밤엔 두
견도 와 울어라.
언제 새로 다른 태양, 또 다른 태양이 솟는 날
아침에 내가 다시 무덤에서 부활할 것도 믿어
본다.

3

나는 눈을 감아 본다. 순간 번뜩 영원이 어린다
…… 인간들! 지금 이 땅 위에서 서로 아우
성치는 수 많은 인간들이, 그래도 멸하지 않
고, 오래오래 세대로 이어 살아갈 것을 생각
한다.
우리 족속도 이어 자꾸 나며 죽으며, 멸하지 않

고 오래오래 이 땅에서 살아갈 것을 생각한다
언제 이런 설악까지 왼통 꽃동산이 되어
우리가 모두 서로 노래치며, 날뛰며, 진정 하
루 화창하게 살아볼 날이 그립다. 그립다.

꽃

♠생명의 신비와 고귀한 사랑을 읊은 시이다.

이는 먼
해와 달의 속삭임
비밀한 울음

한 번 만의 어느 날의
아픈 피 흘림

먼 별에서 별에로의
길섶 위에 떨궈진
다시는 못 돌이킬
엇갈림의 핏방울

꺼질듯
보드라운
황홀한 한 떨기의
아름다운 정적(靜寂)
펼치면 일렁이는
사랑의
호심(湖心)아

해

♠순수한 광명과 이상향에 대

해야 솟아라, 해야 솟아라, 말갛게 씻은 얼굴

고운 해야 솟아라. 산 넘어서 밤새도록 어둠을 살라 먹고, 이글이글 애띤얼굴 고운 해야 솟아라.

달밤이 싫어, 달밤이 싫어, 눈물 같은 골짜기에 달밤이 싫어, 아무도 없는 뜰에 달밤이 나는 싫어……

해야, 고운 해야, 늬가오면, 늬가사 오면, 나는 나는 청산이 좋아라. 훨훨훨 깃을 치는 청산이 좋아라. 청산이 있으면 홀로라도 좋아라

사슴을 따라 사슴을 따라, 양지로 양지로 사슴을 따라, 사슴을 만나면 사슴과 놀고,

칡범을 따라 칡범을 따라, 칡범을 만나면 칡범과 놀고……

해야, 고운 해야, 해야 솟아라. 꿈이 아니라도 너를 만나면, 꽃도 새도 짐승도 한 자리에 앉아, 워어이 워어이 모두 불러 한 자리 앉아, 애띠고 고운 날을 누려 보리라.

한 의욕, 그리고 경건한 삶의 추구 등이 주제로 된 시이다.

박목월 (朴木月)

청노루

머언 산 청운사(靑雲寺)
낡은 기와집,

♠자연의 아름다움을 찬미한 서정시이다. 「청록집」(1946. 6.6)에 수록된 작품이다.

산은 자하산(紫霞山)
봄눈 녹으면,

느릅나무
속잎 피는 열 두 구비를

청노루
맑은 눈에

도는
구름.

길처럼

머언 산 굽이 굽이 돌아갔기로
산 굽이마다 굽이마다
절로 슬픔은 일어……

뵈일 듯 말 듯한 산길

산울림 멀리 울려 나가다
산울림 홀로 돌아 나가다,
……어쩐지 어쩐지 울음이 돌고

생각처럼 그리움처럼……

길은 실낱 같다.

♠이별에 대한 그리움과 슬픔의 한을 주제로 한 시이다. 「문장」(1939.9) 8호에 처음 추천작으로 발표하였다.

나그네

강나루 건너서

♠자연과 인간의 조화미를 노

밀밭길을

구름에 달 가듯이
가는 나그네

길은 외줄기
남도 삼백 리

술익는 마을마다
타는 저녁놀

구름에 달 가듯이
가는 나그네.

래한 시이다. 〈청노루〉와함께 초기의 대표작으로 꼽힌다. 「상아탑」(1946.4) 5호에 발표된 작품이다.

윤사월

송홧가루 날리는
외딴 봉우리.

윤사월 해 길다
꾀꼬리 울면

산지기 외딴 집
눈먼 처녀사

문설주에 귀 대이고
엿듣고 있다.

♠이 시의 주제는 윤사월의계절감과 외로운 기다림이다.「상아탑」(1946.5) 6호에 발표된 작품이다.

모란 여정(餘情)

모란꽃 이우는 하얀 해으름

강을 건너는 청모시 옷고름

선도산(仙桃山)
수정(水晶) 그늘
어려 보라빛

모란꽃 해으름 청모시 옷고름

♠황혼 무렵에 모란꽃을 바라보는 시인의 눈에는 맑은 서정과 감각이 어린다. 자연과 인간의 조화미가 뛰어나게 구사된 작품이다.

산도화

산은
구강산(九江山)
보라빛 석산(石山)

산도화
두어 송이
송이 버는데

봄눈 녹아 흐르는
옥같은
물에

사슴은
암사슴
발을 씻는다.

♠이른 봄에 느끼는 신선한 생명의 감각을 주제로 하고있는 이 시는 꽃과 사슴의 생명조화를 나타내고 있다.

산 색(山色)

산빛은 환희

♠자연에 대한 귀의정신과 친

밝아 오는데

꾀꼬리 목청은
틔어 오는데
달빛에 목선(木船) 가듯
조으는 보살(菩薩)

꽃 그늘 환한 물
조으는 보살.

화사상이 민요풍으로 묘사되어 있다. 자연에 대한 관조와 그에 따른 정적미가 주제를 이루고 있는 시이다.

하　관(下棺)

관이 내렸다.
깊은 가슴 안에 밧줄로 달아내리듯.
주여
용납하옵소서.
머리맡에 성경을 얹어 주고
나는 옷자락에 흙을 받아
좌르르 하직했다.
그 후로
그를 꿈에서 만났다.
턱이 긴 얼굴이 나를 돌아보고
형님!
불렀다.
오오냐. 나는 전신으로 대답했다.
그래도 그는 못 들었으리라.
이제
네 음성을
나만 듣는 여기는 눈나 비가 오는 세상.
너는 어디로 갔느냐.

♠동생의 장례를 치루면서 느낀 정한을 읊은 시이다. 생명을 초월한 그리움의 정이 잘 나타나 있다. 주제는 죽은 동생을 그리워하는 정이다.

그 어질고 안스럽고 다정한 눈짓을 하고
형님!
부르는 목소리는 들리는데
내 목소리는 미치지 못하는.
다만 여기는
열매가 떨어지면
툭하는 소리가 들리는 세상.

나 무

♠고독한 시인의 무거운 삶의 모습이 나무의 모습에 비교되어 묘사된 작품이다. 「신동아」(1964.10)에 발표되었다.

유성에서 조치원으로 가는 어느 들판에 우두커니 서 있는, 한 그루 늙은 나무를 만났다. 수도승일까. 묵중하게 서 있었다.
다음 날 조치원에서 공주로 가는 가난한 어느 마을 어구에 그 들은 떼를 져 몰려 있었다.
멍청하게 몰려 있는 그들은 어설픈 과객일까. 몹시 추워 보였다.
공주에서 온양으로 우회하는 뒷길 어느 산마루에 그들은 멀리 서 있었다. 하늘 문을 지키는 파수병일까. 외로와 보였다
온양에서 서울로 돌아오자 놀랍게도 그들은 이미 내 안에 뿌리를 펴고 있었다. 묵중한 그들의 침울한 그들의, 아아 고독한 모습 그후 로 나는 뽑아 낼 수 없는 몇 그루의 나무를 기르게 되었다.

우회로(迂廻路)

♠방황하는 시인의 마음이 묘사된 시이다. 생활체험을 담담하게 그리고 있다. 「사상계」(1964.5)에 처음 발표하였다.

병원으로 가는 긴 우회로
달빛이 깔렸다.
밤에 에데르로 풀리고

확대되어 가는 아내의 눈에
달빛이 깔린 긴 우회로
그 속을 내가 걷는다.
흔들리는 남편의 모습.
수술은 무사히 끝났다.
메스를 가아제로 닦고
응결하는 피.
병원으로 가는 긴 우회로
달빛 속을 내가 걷는다.
흔들리는 남편의 모습.
혼수 속에서 피어 올리는
아내의 미소. (밤은 에데르로 풀리고)
긴 우회로를
흔들리는 아내의 모습
하얀 나선 통로(螺旋通路)를
내가 내려간다.

바람 소리

늦게 돌아오는 장성한 아이를 근심하는 밤의
  바람 소리
댓잎 소리 같은 것에 어버이의 정이 흐느낀다.

♠깊은 밤에 외출한 자식을 걱정하며 기다리는 어버이의 애정이 강하게 묘사된 생활시이다.

자식이 원술까, 그럴 리야

못난 것이 못난 것이
늙을수록 잔 정(情)만 붙어서
못난 것이 못난 것이
어버이 구실을 하느라고

귀를 막고 돌아 누 울 수 없는 밤에 바람소
리를 듣는다.
적료(寂蓼)한 귀여

가 정

지상에서
아홉 켤레의 신 발.
아니 현관에는 아니 들깐에는
아니 어느 시인의 가정에는
알 전등이 켜질 무렵을
문수(文數)가 다른 아홉 켤레의 신발을.

내 신발은
십구 문 반.
눈과 얼음의 길을 걸어,
그들 옆에 벗으면
육 문 삼의 코가 납짝한
귀염동아 귀염동아
우리 막내동아.

미소하는
내 얼굴을 보아라.
얼음과 눈으로 벽을 짜 올린
여기는
지상.
연민(憐憫)한 삶의 길이여.
내 신발은 십구 문 반.

아랫목에 모인

♠생활의 책임자인 아버지로서의 고달픔과 애정, 그리고 연민의 자의식을 주제로 한 시이다.

아홉 마리의 강아지야
강아지 같은 것들아.
굴욕과 굶주림과 추운 길을 걸어
내가 왔다.
아버지가 왔다.
아니 십구 문 반의 신발이 왔다.
아니 지상에는
아버지라는 어설픈 것이
존재한다.
미소하는
내 얼굴을 보아라.

박영희(朴英熙)

유령의 나라

꿈은 유령의 춤추는 마당
현실은 사람의 괴로움 불붙이는
싯벌건 철공장(鐵工場)

눈물은 불에 단
괴로움의 찌꺼기
사랑은 꿈 속으로 부르는 여신!

아! 괴로움에 타는
두 사람 가슴에

꿈의 터를 만들어 놓고
유령과 같이 춤을 추면서

♠죽음에 대한 찬미를 주제로 하고 있는 이 시는 보들레르의 악마주의적인 퇴폐경향이 짙은 작품이다. 사랑하는 사람에게는 죽음이 결코 두렵지 않은 것임을 역설하고 있다.

타오르는 사랑은
차디찬 유령과 같도다.

현실의 사람 사람은
유령을 두려워 떠나서 가나
사랑을 가진 우리에게는
꽃과 같이 아름답도다.

아! 그대여!
그대의 흰 손과 팔을
너 어둔 나라로 내밀어 주시오!

내가 가리라, 내가 가리라.
그대의 흰 팔을 조심해 밟으면서!
유령의 나라로,
나는 가리라! 아 그대의 탈을—.

박용철(朴龍喆)

떠나가는 배

나 두 야 간다.
나의 이 젊은 나이를
눈물로야 보낼 거냐
나 두 야 가련다.

아늑한 이 항구인들 손쉽게야 버릴거냐.
안개같이 물어린 눈에도 비치나니
골짜기마다 발에 익은 묏부리 모양

♠나라를 잃은 슬픔을 주제로 한 시이다. 시인은 이 시 속에서 일제 시대의 우울한 심정을 나의 이 젊은 나이를 눈물로만 보낼 것이냐고 강조하고 있다. 조국 광복을 위한 대열에 나두야 가련다고 외치고 있는 시인의 심정이 귀절마다 어려있는 수작이다. 「시문학」(1930.3) 창간호에 발표된 작품이다.

주름살도 눈에 익은 아—사랑하는 사람들.

버리고 가는 이도 못 잊는 마음
쫓겨가는 마음인들 무어 다를거냐.
돌아다 보는 구름에는 바람이 희살짓는다.
앞 대일 언덕인들 마련이나 있을 거냐.

나 두 야 가련다.
나의 이 젊은 나이를
눈물로야 보낼거냐.
나 두 야 간다.

눈은 내리네

이 겨울의 아침을
눈은 내리네

저 눈은 너무 희고
저 눈의 소리 또한 그윽하므로

내 이마를 숙이고 빌까 하노라
임이여 설운 빛이
그대의 입술을 물들이나니
그대 또한 저 눈을 사랑하는가

눈은 내리어
우리 함께 빌 때러라

♠심미적인 구조로 시작(詩作)에 일관했던 박용철의 시세계를 엿볼 수 있는 작품이다. 일제하의 우울함이 시 속에 어려 있다.

어디로

내 마음은 어디로 가야 옳으리까
쉬임없이 궂은 비는 내려오고
지나간 날 괴로움의 쓰린 기억.
내게 어둔 구름 되어 덮이는데.

바라지 않으리라던 새론 희망
생각지 않으리라던 그대 생각
번개같이 어둠을 깨친다마는
그대는 닿을 길 없이 높은 데 계시오니

아—내 마음은 어디로 가야 옳으리까.

♠나라를 잃은 국민의 한과 설움을 노래한 애국시이다.

이대로 가랴마는

설만들 이대로 가기야 하랴마는
이대로 간단들 못 간다 하랴마는

바람도 없이 고이 떨어지는 꽃잎같이
파란 하늘에 사라져 버리는 구름쪽같이

조그만 열로 지금 수떠리는 피가 멈추고
가는 숨길이 여기서 끝맺는다면

아—얇은 빛 들어오는 영창 아래서 차마
  흐르지 못하는 눈물이 온 가슴에 젖어
  내리네.

♠이 시의 주제는 이별에 대한 슬픔이다. 민요조의 낭만풍이 곁들여진 작품이다.

박인환(朴寅煥)

목마(木馬)와 숙녀

한 잔의 술을 마시고
우리는 버아지니아 울프의 생애와
목마를 타고 떠난 숙녀의 옷자락을 이야기한다.
목마는 주인을 버리고 거저 방울소리만 울리며
가을속으로 떠났다. 술병에서 별이 떨어진다.
상심한 별은 내 가슴에 가볍게 부서진다.
그러한 잠시 내가 알던 소녀는
정원의 초목 옆에서 자라고
문학이 죽고 인생이 죽고
사랑의 진리마저 애증의 그림자를 버릴 때
목마를 탄 사랑의 사람은 보이지 않는다.
세월은 가고 오는 것
한 때는 고립을 피하여 시들어 가고
이제 우리는 작별하여야 한다.
술병이 바람에 쓰러지는 소리를 들으며
늙은 여류작가의 눈을 바라다 보아야 한다.
……등대……
불이 보이지 않아도
그저 간직한 패시미즘의 미래를 위하여
우리는 처량한 목소리를 기억하여야 한다.
모든 것이 떠나든 죽든
그저 가슴에 남은 희미한 의식을 붙잡고
우리는 버아지니아 울프의 서러운 이야기를 들
어야 한다.
두 개의 바위 틈을 지나 청춘을 찾은 뱀과 같이
눈을 뜨고 한 잔의 술을 마셔야 한다.

♠이 시는 박인환의 대표작으로 알려져 있다. 6.25 동란이 가져온 비극과 불안과 퇴폐의 고통을 겪으면서 시인은 이미 가버린 것에 대한 애상과 허무를 노래하고 있다. 이 시에서의 '목마'는 암울한 시대를 상징하며, '숙녀'는 영국의 여류시인 버지니아 울프를 뜻한다. 서구적인 모더니즘을 간직한 신선한 감각의 주지시이다.

인생은 외롭지도 않고
그저 갑지의 표지처럼 통속하거늘
한탄할 그 무엇이 무서워서 우리는 떠나는
것일까.
목마는 하늘에 있고
방울소리는 귓전에 철렁거리는데
가을 바람 소리는
내 쓰러진 술병 속에서 목메어 우는데—.

세월이 가면

지금 그 사람 이름은 잊었지만
그 눈동자 입술은
내 가슴에 있네.

바람이 불고
비가 올 때도

나는 저 유리창 밖 가로등
그날의 밤을 잊지 못하지.

사랑은 가고 옛날은 남는 것.
여름날의 호숫가, 가을의 공원
그 벤취 위에
나뭇잎은 떨어지고,
나뭇잎은 흙이 되고
나뭇잎에 덮여서
우리들 사랑이
사라진다 해도

♠헤어진 연인과의 사랑을 아쉬워하는 시인의 마음을 읊은 시이다. 〈목마와 숙녀〉와 함께 박인환의 대표작으로 꼽힌다.

지금 그 사람 이름은 잊었지만
그 눈동자 입술은
내 가슴에 있네.

내 서늘한 가슴에 있네.

검은 강

신(神)이란 이름으로써
우리는 최후의 노정(路程)을 찾아보았다.
어느 날 역전에서 들려 오는
군대의 합창을 귀에 받으며
우리는 죽으러 가는 자와는
반대 방향의 열차에 앉아
정욕처럼 피폐한 소설에 눈을 흘겼다.

지금 바람처럼 교차하는 지대
거기엔 일체의 불순한 욕망이 반사되고
농부의 아들은 표정도 없이
폭음과 초연이 가득 찬
생과 사의 경지에 떠난다.

달은 정막(靜幕)보다도 더욱 처량하다.
멀리 우리의 시선을 집중한
인간의 피로 이룬
자유의 성채(城砦)
그것은 우리와 같이 퇴각하는 자와는 관련이
없다.

신이란 이름으로써

♠민족상잔의 비극과 고난으로 얼룩진 운명을 그린 작품이다.

우리는 저 달 속에
암담한 검은 강이 흐르는 것을 보았다.

박재륜(朴載崙)

천상(川上)에 서서

산다는 것은 흐르는 것이다.
흐르는 것은 바라보는 것이다.
흐르는 것은 듣는 것이다.
흐르는 것은 느끼는 것이다.
흐름이 계곡을 흐르듯
목숨이 흐름되어
우리들의 살을 흐르는 것이다.
우리들의 뼈를 흐로는 것이다.
우리들이 그것을 깨닫는 것이다.
흐름이 계곡을 흐르듯
목숨이 흐름되어
우리들의 살을 노래하는 것이다.
우리들의 뼈를 우는 것이다.
우리들이 그것을 깨닫는 것이다.
그것을 귀 기울여 듣는 것이다.
그것을 눈여겨 바라보는 것이다.
산다는 것은 흐르는 것이다.

♠변화하는 삶의 감각과 생에 대한 관조의 정신이 잘 표현된 시이다. 이 시의 특징은 비유이다. 삶과 흐름과 바라보는 것, 그리고 흐름과 듣는 것,느끼는 것, 깨닫는 것, 목숨의 흐름과 살과 뼈의 노래와 울음 등이 효과적으로 전개되어 있다. 결국 삶은 흐르는 것이라는 결론으로 귀결된다. 「현대문학」(1959. 1)에 발표된작품이다.

메마른 언어

우리들의 언어는 메마르다.
바람같은 메마른 언어는

♠제목의 이미지가 그대로 주제에 연결되고 있다. 메마른 언

뜻을 낳지 못한다.
——나의 언어는 뜻을 낳지 못한다.
우리들의 언어는 형태없다.
바람같이 형태없는 언어는
각운(脚韻)을 지니지 않는다.
——나의 언어는 각운을 지니지 않는다.
메마른 언어는
우리 입에 자신을 주지 않는다.
각운 없는 언어는
우리 입에 노래를 주지 않는다.
——나의 입은 자신 없고
——나의 입은 노래를 모른다.
우리들의 언어는 바람 같은 것이다.
바람같이 울림만이 남는 것이다.
바람같이 소리만이 남는 것이다.
——나의 언어는 고백을 모르고
——나의 언어는 기원을 모른다.
우리들의 언어는 바람 같은 것이다.
바람같이 갈대를 울려 보는 것이다.
바람같이 벌판을 달려 보는 것이다.
나에겐 '그대' 부를 언어는 없다.

어의 무의미성을 강조하고 있는 시이다. 모더니즘 계열의 작품으로 이미지를 별로 중요시하지 않고 있다. 대상과 사물의 비유가 뛰어난 주지시이다.

박종화(朴鍾和)

사(死)의 예찬

보라!
때 아니라. 지금은 그 때 아니라.
그러나 보라!
살과 혼.

♠제목이 보여주는 바와 같이 이 시는 죽음에 대한 예찬을주제로 하고있다. 「백조」(1923. 9) 3호에 발표된 작품으로, 죽음으로 저항하다가 진리의 저

화려한 오색의 빛으로 얽어서 짜 놓은
훈향(薰香)내 높은
환상의 꿈터를 넘어서.

검은 옷을 해골 위에 걸고
말없이 주톳빛 흙을 밟는 무리를 보라.
이 곳에 생명이 있나니
이 곳에 참이 있나니
장엄한 칠흙(漆黑)의 하늘, 경건한 주토(朱土)의 거리
해골! 무언(無言)!
번쩍이는 진리는 이 곳에 있지 아니하랴.
아, 그렇다 영겁(永劫)위에.

젊은 사람의 무리야!
모든 새로운 살림을
이 세상 위에 세우려는 사람의 무리야!
부르짖어라, 그대들의
얇으나 강한 성대가
찢어져 해이(解弛)될 때까지 부르짖어라.
격분에 뛰는 빨간 염통이 터져
아름다운 피를 뿜고 넘어질 때까지
힘껏 성내어 보아라
그러나 얻을 수 없나니,
그것은 흐트러진 만화경(萬華鏡) 조각
아지 못할 한 때의 꿈자리이다.

마른 나뭇가지에
곱게 물들인 종이로 꽃을 만들어
가지마다 걸고

승세계로 가자는 내용을 담고 있다. 일제 통치하의 암흑거리, 그 영원한 진리의 저승거리에서 조국의 젊은이들은 차라리 죽음으로 항거하자는 시인의 목소리가 높은 톤으로 표출되고 있다.

봄이라 노래하고 춤추며 웃으나
바람 부는 그 밤이 다시 오면은
눈물 나는 그 날이 다시 오면은
허무한 그 밤의 시름 또 어찌하랴?
얻을 수 없나니, 참을 수 없나니
분 먹인 얇다란 종이 하나로.

온갖 추예(醜穢)를 가리운 이 시절에
진리의 빛을 볼 수 없나니
아, 돌아가자.
살과 혼
훈향내 높은 환상의 꿈터를 넘어서
거룩한 해골의 무리
말없이 걷는
칠흑의 하늘 주토의 거리로 돌아가자.

청자부

선은
가냘픈 푸른 선은
아리따웁게 구을러
보살같이 아담하고
날씬한 어깨여
4월 훈풍에 제비 한 마리
방금 물을 박차 바람을 끊는다.

그러나 이것은
천 년의 꿈 고려 청자기!

♠고려 청자의 아름다움을 노래한 시이다. 시인은 이 시를 통하여 고려 청자의 신묘하고 정교한 솜씨를 찬양함으로써 민족혼을 되찾고 아울러 조국의 얼을 일깨우려 노력하고 있다. 고려 청자를 대한 시인의 폭넓은 안목이 이 시를 보다 섬세하고 부드럽게 해 주고 있다.

빛깔 오호 빛깔!
살포시 음영을 던진 갸륵한 빛깔아
조촐하고 깨끗한 비취여
가을 소나기 마악 지나간
구멍 뚫린 가을 하늘 한 조각,
물방울 뚝뚝 서리어
곧 흰 구름장 이는 듯하다.

그러나 오호 이것은
천 년 묵은 고려 청자기!

술병, 물병, 바리, 사발
향로, 향합, 필통, 연적
화병, 장고, 술잔, 벼개
흙이면서 옥이더라.

구름무늬 물결무늬
구슬무늬 칠보(七寶)무늬
꽃무늬 백학무늬
보상화문(寶相華文) 불타(佛陀)무늬
토공이요 화가더라
진흙 속 조각가다.
그러나, 이것은
천 년의 꿈, 고려 청자기!

백기만(白基萬)

청개구리

청개구리는 장마 때에 운다. 차디찬 비 맞은 나뭇잎에서 하늘을 원망하듯 치어다보며 목이 터지도록 소리쳐 운다.

청개구리는 불효한 자식이었다. 어미의 말을 한 번도 들은 적이 없었다. 어미 청개구리가 "오늘은 산에 가서 놀아라!" 하면 그는 물에 가서 놀았고, 또 "물에 가서 놀아라!" 하면 그는 기어이 산으로만 갔었느니라.

알뜰하게 애태우던 어미 청개구리가 이 세상을 다삶고 떠나려 할 때, 그의 시체를 산에 묻어 주기를 바랬다. 그리하여 모로만 가는 자식의 머리를 만지며 "내가 죽거든 강가에 묻어다고!" 하였다.

청개구리는 어미의 죽음을 보았을 때 비로소 천지가 아득하였다. 그제서야 어미의 생전에 한 번도 순종하지 않았던 것이 뼈 아프게 뉘우쳐졌다.

청개구리는 조그만 가슴에 슬픔을 안고, 어미의 마지막 부탁을 좇아 물 맑은 강가에 시체를 묻고, 무덤 위에 쓰러져 발버둥치며 통곡하였다.

그 후로 장마비가 올 때마다 어미의 무덤을 생각하였다. 싯벌건 황토물이 넘어 원수의 황토물이 넘어 어미의 시체를 띄워갈까 염려이다.

♠조국의 상실에 대한 슬픔을 주제로 하고있는 이 시는 청개구리의 전설을 소재로 한 산문시이다. 슬픔을 스스로 엮어 간 청개구리의 비애는 곧 우리 민민족의 수난과도일맥상통하는 점이 있다. 이러한 상통점을 찾아 청개구리의 슬픔을 우리 민족의 현실에 대비시켜 한편의 시로 승화시킨 것이 바로이 작품이다.

그러므로 청개구리는 장마 때에 운다. 어미의
무덤을 생각하고는 먹을 줄을 모르고 자지도
않고 슬프게 슬프게 목놓아 운다.

은행나무 그늘

훌륭한 그이가 우리 집을 찾아왔을 때
이상하게도 두 뺨이 타오르고 가슴은 두근거렸
어요.
하지만 나는 아무 말도없이 바느질만 하였어요.
훌륭한 그이가 우리 집을 떠날 때에도
여전히 그저 바느질만 하였어요.
하지만 어머니, 제가 무엇을 그이에게 선물하였
는지 아십니까?

나는 그이가 돌아간 뒤로 뜰 앞 은행나무 그늘
에서
달콤하고도 부드러운 노래를 불렀어요.
우리 집 작은 고양이는 봄볕을 흠뻑 안고 나무
가지 옆에 앉아
눈을 반만 감고 내 노래소리를 듣고 있었어요.
하지만 어머니, 내 노래가 무엇을 말하였는지
누가 아시리까?

저녁이 되어 그리운 붉은 등불이 많은 꿈을 가
지고 왔을 때
어머니는 젖먹이를 잠재려 자장가를 부르며 아
버지를 기다리시는데
나는 어머니 방에 있는 조그만 내 책상에 고달

♠이 시는 백기만의 대표작 중의 한 편이다. 신비로운 정감을 섬세하게 표현한 점 등으로 보아 타고르의 영향을 받은 것으로 추측된다. 이 시에 등장하는 주인공들은 바로 '그이'와 '어머니', 그리고 '나'이다. 이 세 사람의 상징성을 푸는것이 바로 이 시를 이해할 수 있는 첩경이다. 이 시에서의 '어머니'는 우리의 조국을 의미하고, '그이'는 조국의 광복을 뜻한다. 그리고 '나'는조국의 주인인 우리 겨레를 뜻한다. 시에 대한 올바른 이해는 이처럼 상징성을 올바로 파악하는데 그 비결이 있다.

큰 몸을 실리고 뜻도 없는 책을 보고 있었어
요.
하지만 어머니, 제가 무엇을 그 책에서 보고 있
었는지 모르시리다.

어머니, 나는 꿈에 그이를, 그이를 보았어요.
흰 옷 입고 초록 띠 드리운 성자 같은 그이를
보았어요.
그 흰 옷과 초록 띠가 어떻게 내 마음을 흔들었
는지 누가 아시리까?
오늘도 은행나무 그늘에는 가는 노래가 떠돕니다.
고양이는 나무 가지 옆에서 어제같이 조을고요.
하지만 그 노래는 늦은 봄 바람처럼 괴롭습니다.

고 별

그대여!
나는 이 땅을 떠나갑니다.
멀리 멀리 삼만리나 아득한 저편
북극이란 빙 세계를 찾아갑니다.

거기는 세간 물결이 못 미치는 곳
추악도 없고 갈등도 없고
눈과 얼음이 조출하길래
순박한 백곰들의 낙원이라오.

영롱한 얼음판에 뛰고 뒹굴고
발가벗은 몸으로 살아가려는
밤에는 등불 없이 달 돋아오고

♠7.5조와 민요 형식을 바탕으로 한 자유시이다. 새로운 세계에 대한 갈망을 주제로 하고 있는 이 시에는 허무주의적인 정서가 들어있다.「개벽」(1923.3)에 발표된 작품이다.

외로울 때 백곰과 춤추렵니다.

오오 그대여, 안녕히 계셔요!
이제는 아무래도 떠나렵니다.
조그만 내 가슴에 불이 붙어서
언제나 식을 날이 찾아오려나.

만약에 나 간 뒤에 누가 묻거든
머나먼 곳으로 갔다고 해요.
외로운 그림자를 사랑 심어서
울며 웃으며 비틀거리며……

변영로(卞榮魯)

논개(論介)

거룩한 분노는
종교보다도 깊고,
불붙는 정열은
사랑보다도 강하다.
　아! 강낭콩꽃보다도 더 푸른
　　　　　　그 물결 위에
　　　양귀비꽃보다도 더 붉은
　　　　　　그마음 흘러라.
아릿답던 그 아미(蛾眉)
높게 흔들리우며,
그 석류 속 같은 입술
죽음을 입맞추었네.
　아! 강낭콩보다도 더 푸른
　　　　　　그 물결 위에

♠논개의 굳은 절개와 조국에 대한 사랑을 그 주제로 하고있는 이 시는 언어미를 최대한으로 살린 수주 시인의 대표작이다. 형식과 수사 면에 있어서 직유와 반복, 대조, 후렴구 등을 멋지게 구사한 작품으로, 특히 네 행씩의 후렴구가 돋보인다.

양귀비꽃보다도 더 붉은
그 마음 흘러라.

흐르는 강물은
길이 길이 푸르리니
그대의 꽃다운 혼
어이 아니 붉으랴.
아! 강낭콩꽃보다도 더
푸른 그 물결 위에
양귀비꽃보다도 더 붉은
그 마음 흘러라.

봄 비

나직하고 그윽하게 부르는 소리 있어
나아가 보니 아, 나아가 보니——
졸음 잔뜩 실은 듯한 젖빛 구름만이
무척이나 가쁜 듯이 한없이 게으르게
푸른 하늘 위를 거닌다.
아, 잃은 것 없이 서운한 나의 마음!

♠조국 광복을 기다리는 간절한 마음을 주제로 한 시이다. 봄비가 내리는 날 시인은 우수에 젖어 무엇인가를 생각하며 괴로와하고 있다. 이 시에서의 '사랑'은 바로 조국의 광복을 의미한다.

나직하고 그윽하게 부르는 소리 있어
나아가 보니 아, 나아가 보니——
아렴풋이 나는 지난 날의 회상같이
떨리는 뵈지 않는 꽃의 입김만이
그의 향기로운 자랑 안에 자지러지노나!
아, 찔림 없이 아픈 나의 가슴!

나직하고 그윽하게 부르는 소리있어
나아가 보니 아, 나아가 보니——

이제는 젖빛 구름도 입김도 자취 없고
다만 비둘기 발목만 붉히는 은실같은 봄비만이
소리도 없이 근심같이 내리누나!
아, 안 올 사람 기다리는 나의 마음!

조선의 마음

조선의 마음을 어디 가서 찾을까.
조선의 마음을 어디 가서 찾을까.
굴 속을 엿볼까, 바다 밑을 뒤져 볼까.
빽빽한 버들가지 틈을 해쳐 볼까.
아득한 하늘 가나 바라다 볼까.
아, 조선의 마음을 어디가서 찾아 볼까.
조선의 마음은 지향할 수 없는 마음, 설운
　마음!

♠이 시는 개화기의 젊은 지성의 고민을 노래한 작품이다. 1924년 8월에 펴낸 시집 「조선의 마음」서시이다.

생시에 못 뵈올 임을

생시에 못 뵈올 임을 꿈에나 뵐까 하여
꿈 가는 푸른고개 넘기는 넘었으나
꿈조차 흔들리우고 흔들리어
그립던 그대 가까울 듯 멀어라.

아, 미끄럽지 않은 곳에 미끄러져
그대와 나 사이엔 만 리가 격했어라.
다시 못 뵈올 그대의 고운 얼굴
사라지는 옛 꿈보다도 희미하여라.

♠임(조국)을 그리워하는 마음을 주제로 하고있는 시이다. 가버린 임(잃어버린 조국)을 만날 수 없는 안타까운 심정을 애절하게 읊고 있다.

서정주(徐廷柱)

자화상

애비는 종이었다. 밤이 깊어도 오지 않았다.
파뿌리같이 늙은 할머니와 대추꽃이 한 주 서
  있을 뿐이었다.
어매는 달을 두고 풋 살구가 꼭 하나만 먹고
  싶다 하였으나……
흙으로 바람벽한 호롱불 밑에 손톱이 깜한 에
  미의 아들
갑오년이라든가 바다에 나가서는 돌아오지 않
  는다 하는 외할아버지의 숫 많은 머리털과
  그 크다란 눈이 나는 닮았다 한다.

♠이 시 속에서의 종은 천민계급을 뜻한다. 암울했던 조국의 현실을 직시하는 시인의 날카로운 예지가 이승에서의 고행을 자화상으로 형상화시키고 있다. 「시건설」(1939)에 수록된 작품이다.

스물세해 동안 나를 키운 건 8할이 바람이다.
세상은 가도가도 부끄럽기만 하더라.
어떤 이는 내 눈에서 죄인을 읽고 가고
어떤 이는 내입에서 천치를 읽고 가나
나는 아무것도 뉘우치질 않을란다.

찬란히 티워 오는 어느 아침에도
이마 위에 얹힌 시의 이슬에는
몇 방울의 피가 언제나 섞여 있어
볕이거나 그늘이거나 혓바닥 늘어뜨린
병든 수캐마냥 헐떡거리며 나는 왔다.

도화 도화(桃花桃花)

푸른 나무 그늘의 네 거름 길 위에서
내가 붉으스럼한 얼굴을 하고
앞을 볼 때는 앞을 볼 때는

♠언어의 관능적인 표현이 뛰어난 시이다. 「인문평론」(1940)에 발표된 작품이다.

내 나체의 예레미아서

비로봉상(毘盧峯上)에 강한 사건들.

미친 하늘에서는
미친 오필리아의 노래소리 들리고

원수여. 너를 찾아 가는 길의
쬐끄만 이 휴식.

나의 미열(微熱)을 가리우는 구름이 있어
새파라니 흘러가다가
해와 함께 저물어서 네 집에 들리리라.

서풍부(西風賦)

서녁에서 불어 오는 바람 속에는
오갈피 상나무와
개가죽 방구와
나의 여자의 열 두 발 상무상무

노루야 암노루야 홰냥노루야
늬 발톱에 상채기와
퉁수ㅅ소리와
서서 우는 눈먼 사람
자는 관세음.

서녁에서 불어 오는 바람 속에는
한바다의 정신ㅅ병과
징역 시간과

♠인간 구원을 향한 시인의 몸부림을 노래한 시이다. 「문장」(1940)에 발표한 작품이다.

귀촉도(歸蜀途)

눈물 아롱아롱
피리 불고 가신 임이 밟으신 길은
진달래 꽃비 오는 서역 삼만리((西域三萬里).
흰 옷깃 여며 여며 가옵신 임의
다시 오진 못하는 파촉 삼만리(巴蜀三萬里).

♠헤어진 임에 대한 그리움을 노래한 시이다. 「춘추」(1943.10.9) 32호에 발표하였다.

신이나 삼아 줄걸, 슬픈 사연의
올올이 아로새긴 육날메투리.
은장도 푸른날로 이냥 베어서
부질없는 머리털 엮어 드릴 걸.

초롱에 불빛 지친 밤하늘
굽이굽이 은핫물 목이 젖은 새.
차마 아니 솟는 가락 눈이 감겨서.
제 피에 취한 새가 귀촉도 운다.
그대 하늘 끝 호올로 가신 임아.

국화 옆에서

한 송이의 국화꽃을 피우기 위해
봄부터 소쩍새는
그렇게 울었나 보다 '

♠국화꽃이 피기까지의 시련과 인내를 통하여 삶의 괴로움을 견디고 성숙해진 중년 여성의 미를 예찬한 시이다. 불교의 윤회설에 바탕을 두고 있으며, 「경향신문」 (1947.11.9)에 발표하였다.

한 송이의 국화꽃을 피우기 위해
천둥은 먹우기 속에서
또 그렇게 울었나 보다.

그립고 아쉬움에 가슴 조이던
머언 먼 젊음의 뒤안길에서
인제는 돌아와 거울 앞에 선

내 누님 같이 생긴 꽃이여

노오란 네 꽃잎이 피려고
간밤엔 무서리가 저리 내리고
내게는 잠도 오지 않았나 보다.

화 사(花蛇)

♠원시의 생명에 대한 악의 미를 노래한 시이다. 시인은 뱀을 소재로 하여 원시의 생명을 상징하고 있다.

사향(麝香) 박하(薄荷)의 뒤안길이다.
아름다운 배암……
얼마나 커다란 슬픔으로 태어났기에 저리도 징그러운 몸뚱아리냐.

꽃대님 같다.

너의 할아버지가 이브를 꼬여 내던 달변(達辯)의 혓바닥이
소리 잃은 채 날름거리는 붉은 아가리로
푸른 하늘이다……물어 뜯어라, 원통히 물어 뜯어,

달아나거라, 저놈의 대가리!

돌팔매를 쏘면서, 쏘면서, 사향 방초ㅅ길 저놈의 뒤를 따르는 것은
우리 할아버지의 아내가 이브라서 그러는 게 아니라
석유 먹은 듯……석유 먹은 듯……가쁜 숨결이야.

바늘에 꼬여 두를까 보다. 꽃대님보다도 아름다
운빛……
클레오파트라의 피 먹은 양 붉게 타오르는
고운 입술이다……스며라, 배암!

우리 순네는 스물난 색시, 고양이 같이 고
운 입술……스며라, 배암!

문둥이

♠원시로 돌아가는 생명의 모습을 노래한 시이다. 어린 아이의 간을 빼먹으면 문둥병이 낫는다는 옛날의 설화를 시로 표현한 작품이다. 「시인부락」(1936. 11) 창간호에 발표하였다.

해화 하늘빛이
문둥이는 서러워

보리밭에 달 뜨면
애기 하나 먹고

꽃처럼 붉은 울음을 밤새 울었다.

대

♠이 시는 미당이 해인사에 머무를 때 쓴 작품이다. 미당은 이 시를 통해 강한 생명의 욕망을 추구하고 있다.

따서 먹으면 자는 듯이 죽는다는
붉은 꽃밭 사이 길이 있어

아편 먹은 듯 취해 나자빠진
능구렁이 같은 등어릿길로
임은 달아나며 나를 부르고……

강한 향기로 부르는 코피
두 손에 받으며 나는 쫓느니

밤처럼 고요한 끓는 대낮에
우리 둘이는 왼몸이 닳아……

푸르른 날

눈이 부시게 푸르른 날은
그리운 사람을 그리워하자.

저기 저기 저 가을 꽃 자리
초록이 지쳐 단풍드는데

눈이 내리면 어이하리야,
봄이 또 오면 어이하리야.

네가 죽고서 내가산다면?
내가 죽고서 네가 산다면?

눈이 부시게 푸르른 날은
그리운 사람을 그리워하자.

♠생명의 영원성에 대한 일체감을 노래한 시이다.

밀 어(密語)

순이야, 영이야, 또 돌아간 남아.

굳이 잠긴 잿빛의 문을 열고 나와서
하늘가에 머무는 꽃봉오릴 보아라.

한없는 누에실의 올과 날로 짜 늘인
채일을 두른 듯, 아늑한 하늘가에
뺨 부비며 열려 있는 꽃봉오릴 보아라.

순이야, 영이야, 또 돌아간 남아.

저,
가슴같이 따뜻한 삼월의 하늘가에
인제 바로 숨쉬는 꽃봉오릴 보아라.

목 화(木花)

누님
눈물겨웁습니다.

이 우물물 같이 고이는 푸름 속에
다수굿이 젖어 있는 붉고 흰 목화꽃은
누님
누님이 피우셨지요?

퉁기면 울릴 듯한 가을의 푸르름엔
바윗돌도 모두 바스라져 내리는데……

저, 마약과 같은 봄을 지내어서
저, 무지한 여름을 지내어서
질갱이 풀 거슴길을 오르내리며
허리 굽흐리고 피우셨지요?

♠목화꽃을 보고 미당은 우리 겨레를 생각한다. 민족의 얼을 피우기까지에는 수없이 많은 시련을 겪어야 했던 역사의 한 갈피에서 시인은 새로운 시선으로 조국을 바라보는 것이다.

추천사(鞦韆詞)

향단아, 그넷줄을 밀어라,
머언 바다로,
배를 내어 밀듯이
향단아,

♠끝없는 생명에의 동경을 노래한 시이다. 이 시에서의 '그네'는 세상의 괴로움과 운명의 굴레를 벗어나려는 존재의 상징이다.

이 다수굿이 흔들리는 수양버들 나무와
벼갯모에 뇌이듯한 풀꽃뎀이로부터,
자잘한 나비새끼, 꾀꼬리들로부터,
아조 내어 밀듯이, 향단아,

산호(瑞湖)도 섬도 없는 저 하늘로
나를 밀어올려다오.

채색한 구름같이 나를 밀어 올려다오.!
이 울렁이는 가슴을 밀어 올려다오.

서으로 가는 달같이는
나는 아무래도 갈 수가 없다.

바람이 파도를 밀어올리듯이
그렇게 나를 밀어 올려다오.
향단아.

신 록(新綠)

♠내면에서 피어오르는 강렬한 사랑의 비밀을 노래한 시이다.

어이할꺼나
아 나는 사랑을 가졌어라.
남 몰래 혼자서 사랑 가졌어라!

천지엔 이미 꽃잎이 지고
새로운 녹음이 다시 돋아나
또 한번 날 에워싸는데

못 견디게 서로운 몸짓을 하며
붉은 꽃잎은 떨어져 내려
펄펄펄 펄펄펄 떨어져 내려

신라 가시내의 숨결과 같은
신라 가시내의 머리털 같은
풀밭에 바람속에 떨어져 내려
올해도 내 앞에 흩날리는데
부르르 떨며 흩날리는데……

아 나는 사랑을 가졌어라.
꾀꼬리처럼 울지도 못할
기찬 사랑을 혼자서 가졌어라.

꽃밭의 독백
——사소(娑蘇) 단장

노래가 낫기는 그 중 나아도
구름까지 갔다간 되돌아오고
네 발굽을 쳐 달려간 말은
바닷가에 가 멎어 버렸다.
활로 잡은 山돼지, 매(鷹)로 잡은 산새들에도
이제는 벌써 입맛을 잃었다.
꽃아, 아침마다 개벽(開闢)하는 꽃아.
네가 좋기는 제일 좋아도,
물낯바닥에 얼굴이나 비치는
헤엄도 모르는 아이와 같이
나는 네 닫힌 문에 기대 섰을 뿐이다.
문 열어라, 문 열어라, 꽃아
벼락과 해일(海溢)만이 길일지라도
문 열어라 꽃아, 문 열어라 꽃아.

♠이 시의 주제는 구도(求道)에 대한 갈망이다. '사소'는 박혁거세의 어머니이다.

상리 과원(上里果園)

꽃밭은 그 향기만으로 볼진대 한강수나 낙동강 상류와도 같은 융륭(隆隆)한 흐름이다. 그러나 그 낱낱의 얼굴들로 볼진데 우리 조카딸년들이나, 그 조카딸년들의 친구들의 웃음판과도 같은 굉장히 즐거운 웃음판이다.

♠생명에 대한 기쁨이 이 시의 주제로 되어 있다. 「현대공론」(1954.11)에 발표된 작품이다. 자연을 혈연적으로 생각한 시인의 사랑을 나타낸 산문시이다.

세상에 이렇게도 타고난 기쁨을 찬란히 터뜨리는 몸뚱아리들이 또 어디 있는가. 더구나 서양에서 건너온 배나무의 어떤 것들은, 머리나 가슴패기 뿐만이 아니라 배와 허리와 다리 발꿈치에까지도 이쁜꽃송이들을 달았다. 멧새, 참새, 때까치, 꾀꼬리, 꾀꼬리 새끼들이 조석으로 이 많은 기쁨을 대신 읊조리고, 수십 만 마리의 꿀벌들이 왼종일 북치고 소고치고 마짓굿 울리는 소리를 하고, 그래도 모자르는 놈은 더러 그 속에 묻혀 자기도 하는 것은 참으로 당연한 일이다.

우리가 이것을 사랑하려면 어떻게 했으면 좋겠는가. 묻혀서 누워 있는 못물과 같이 저 아래 저것들을 비취고 누워서, 때로 가냘프게도 떨어져 내리는 저 어린것들의 꽃잎사귀들을 우리 몸 위에 받아라도 볼 것인가. 아니면 머언 산들과 나란히 마주서서 이것들의 아침의 유두분면(油頭粉面)과 한낮의 춤과 황혼의 어둠 속에 이것들이 찾아들어 돌아오는——아스라한 침잠이나 지킬 것인가.

하여간 이 하나도 서러울 것이 없는 것들 옆에서, 또 이것들을 서러워하는 미물(微物) 하나도 없는 곳에서, 우리는 섣불리 우리 어린 것들에게 설음같은 걸 가르치지 말 일이다. 저것들을 축복하는 때까치의 어느것, 비비새의 어느 것, 벌 나비의 어느 것, 또는 저것들의 꽃봉오리와 꽃송아리의 어느 것에 대체 우리가 항용 나직이 서로 주고받는 슬픔이란 것이 깃들이어 있단 말인가.
이것들의 초밤에의 완전 귀소(歸巢)가 끝난 뒤, 어둠이 우리와 우리 어린 것들과 산과 냇물을 까마득히 덮을 때가 되거든, 우리는 차라리 우리 어린 것들에게 제일 가까운 곳의 별을 가리켜 보일 일이요, 제일 오랜 종소리를 들릴 일이다.

동 천(冬天)

내 마음 속 우리 임의 고운 눈썹을
즈믄 밤의 꿈으로 맑게 씻어서
하늘에다 옮기어 심어 놨더니
동지 섣달 나르는 매서운 새가
그걸 알고 시늉하며 비끼어 가네.

♠이 시의 주제는 생명의 영원성에 대한 추구이다. 「현대문학」(1966.6)에 발표되었다.

봄

복사꽃 피고,
복사꽃 지고,
뱀이 눈뜨고,
초록제비 묻혀 오는
하늬바람 위에
혼령 있는
하늘이여.
아무 병(病)도 없으면
가시내야, 슬픈 일 좀

♠봄날에 느끼는 생명의 신비와 소녀의 꿈을 노래한 시이다. 「인문평론」(1939.11) 제2호에 발표되었다.

슬픈 일 좀 있어야겠다.

영산홍 (映山紅)

영산홍 꽃잎에는
산이 어리고

♠소실댁의 애처로운 삶을 꽃에 비유하여 쓴 작품이다.

산자락에 낮잠 든
슬픔 소실댁 (小室宅)
소실댁 툇마루에
놓인 놋요강

산 너머 바다는
보름살이 때

소금발이 쓰려서
우는 갈매기

신석정(辛夕汀)

아직 촛불을 켤 때가 아닙니다

저 재를 넘어가는 저녁해의 엷은 광선들이 섭섭해 합니다.
어머니, 아직 촛불을 켜지 말으셔요.
그리고 나의 작은 명상의 새 새끼들이
지금도 저 푸른 하늘에서 날고 있지 않습니까?
이윽고 하늘이 능금처럼 붉어질 때,
그 새새끼들은 어둠과 함께 돌아온다 합니다.

♠절망에 대한 부정과 현실에 대한 긍정을 노래하고 있는 이 시는 참신한 상징적 의미가 깃들어 있다. 목가적인 전원 속에서 살아가는 시인의 모습을 한 폭의 그림처럼 소박하게 펼쳐 놓았다. 담담한 자연의 풍취 속에서 시인은 인생의 무상을 명상하고 있다.

언덕에서는 우리의 어린 양들이 낡은 녹색 침대
에 누워서
남은 햇볕을 줄기느라고 돌아오지 않고,
조용한 호수 위에는 이제야 저녁 안개가 자욱히
내려오기 시작하였읍니다.
그러나 어머니 아직 촛불을 켤 때가 아닙니다.
늙은 산의 고요히 명상하는 얼굴이 멀어가지 않
고
머언 숲에서는 밤이 끌고 오는 그 검은 치맛자
락이
발길에 스치는 발자욱 소리도 들려오지 않습니
다.
멀리 있는 기인 둑을 거쳐서 들려오는 물결 소
리도 차츰차츰 멀어갑니다.
그것은 늦은 가을부터 우리 전원을 방문하는
까마귀들이
바람을 데리고 멀리 가버린 까닭이겠읍니다.
시방 어머니의 등에서는 어머니의 콧노래 섞인
자장가를 듣고 싶어하는 애기의 잠덧이 있읍니
다.
어머니 아직 촛불을 켜지 말으셔요.
이제야 저 숲 너머 하늘에 작은 별이 하나 나오
지 않았읍니까?

그 먼 나라를 알으십니까

어머니,
당신은 그 먼 나라를 알으십니까?

깊은 삼림 지대를 끼고 돌면

♠이 시 역시 〈아직 촛불을 켤 때가 아닙니다〉와 마찬가지로 목가적인 생활을 동경하는 시인의 마음이 나타나 있다. 주

제는 전원을 동경하는 시인의 마음이다.

고요한 호수에 흰 물새 날고
좁은 들길에 들장미 열매 붉어
멀리 노루새끼 마음놓고 뛰어다니는
아무도 살지 않는 그 먼 나라를 알으십니까?

그 나라에 가실 때에는 부디 잊지 마셔요.
나와 같이 그 나라에 가서 비둘기를 키웁시다.

어머니,
당신은 그 먼 나라를 알으십니까?

산비탈 넌지시 타고 내려오면
양지밭에 흰 염소 한가히 풀 뜯고
길 솟는 옥수수밭에 해는 저물어 저물어
먼 바다 물 소리 구슬피 들려오는
아무도 살지 않는 그 먼 나라를 알으십니까?

어머니, 부디 잊지 마셔요.
그 때 우리는 어린 양을 몰고 돌아옵시다.

어머니,
당신은 그 먼 나라를 알으십니까?
오월 하늘에 비둘기 멀리 날고
오늘처럼 촐촐히 비가 내리면
꿩 소리도 유난히 한가롭게 들리리다.
서리가마귀 높이 날아 산국화 더욱 곱고
노란 은행잎이 한들한들 푸른 하늘에 날리는
가을이면 어머니, 그 나라에서

양지밭 과수원에 꿀벌이 잉잉거릴 때

나와 함께 그 새빨간 능금을 또옥 똑 따지 않으
렵니까?

산수도(山水圖)

숲길같이 이끼 푸르고
나무 사이사이 강물이 희어……

햇볕 어린 가지 끝에 산새 쉬고
흰 구름 한가히 하늘을 지난다.

산가마귀 소리 골짝에 잦은데
등 너머 바람이 넘어 닥쳐 와……

굽어든 숲길을 돌아서
시내물 여운 옥인 듯 맑아라.

푸른 산 푸른 산이 천 년만 가리……
강물이 흘러 흘러 만 년만 가리……

산수는 오르지 한 폭의 그림이냐?

♠자연을 사랑하고 자연과 더불어 살고 싶어하는 시인의 모습이 한 폭의 산수화처럼 펼쳐져 있다. 맑고 아름다운 시이다.

슬픈 구도(構圖)

나와
하늘과
하늘 아래 푸른 산뿐이로다.

꽃 한 송이 피어날 지구(地球)도 없고,
새 한 마리 울어 줄 지구도 없고,

♠조국의 암울한 현실을 노래한 시이다. 자유를 빼앗긴 절망감이 시의 전편을 흐르고 있다. 「조광」(1939. 10)에 발표된 작품이다.

노루새끼 한 마리 뛰어다닐 지구도 없다.

나와
밤과
무수한 별뿐이로다.

밀리고 흐르는 게 밤뿐이요,
흘러도 흘러도 검은 밤뿐이로다.
내 마음 둘 곳은 어느 밤하늘 별이더뇨.

산으로 가는 마음

내 마음
주름살 많은 늙은 산의 명상하는 얼굴을 사랑하노니

오늘은
잊고 살던 산을 찾아 내 마음 머언 길을 떠나네

산에는
그 고요한 품안에 고산 식물들이 자라나가거니

마음이여
너는 해가 저물어 이윽고 밤이 올 때까지 나를 찾아 오지 않아도 좋다.
산에서 그렇게 고요한 품안을 떠나와서야 쓰겠니?

그러나 마음이여
나는 언제까지 너와 이별이 잦은 이 생활을 하

♠산을 그리는 시인의 마음을 읊은 시이다. 「문학」(1934)에 발표된 이 작품은 '침묵은 산의 마음이요, 숭고는 산의 얼굴'이라고 말한 시인 자신의감정을 그대로 시로써 승화시키고 있다.

여야겠는가?

지 도

지도에서는 푸른 것을 바다라 하였고
얼룩얼룩한 것은 육지라 부르는
습관을 길러 왔단다.

이제까지 국경이 있어 본 일이 없다는
저 하늘을 닮아서 바다는 한결로 푸르고

육지가 석류 껍질처럼 울긋불긋한 것은
오로지 색체를 즐긴다는 단조한 이유가 아니란
다.

오늘 펴보는 이 지도에는
조선과 인도가 왜 이리 많느냐?

시방 나는
동그란 지구가 유성처럼 화려히 떨어져 갈 날을
생각하는 "외로움"이 있다.

도시 지구는 한 덩이 푸른 석류였거니……

♠일제의 압박 밑에서 수난을 받아온 우리 민족의 암울한 현실과 광복의 길이 아득한 조국에 대한 근심과 걱정이 시인으로 하여금 이 시를 쓰게 만들었다. 시 전편에 어두운 그림자가 깔려있는 이유는 바로암울한 현실 때문이다.

고운 심장

별도
하늘도
밤도 치웁다.

♠이 시 역시 어두운 조국의현실을 노래한 것이다. 암흑 속에서 바둥거리면서 끝내 그대로 주저 앉을 수 없는 시인의 저항의식이 시 속에 숨어있다.

얼어 붙은 심장 밑으로 흐르던
한 줄기 가는 어느 난류(暖流)가 멈추고.

지치도록 고요한 하늘에 별도 얼어 붙어 하
늘이 무너지고
지구가 정지하고
푸른 별이 모조리 떨어질지라도
그래도 서러울리 없다는 너는
오 너는 아직 고운 심장을 지녔거니
밤이 이대로 억만 년이야 갈리라구 ……

어느 지류에 서서

강물 아래로 강물 아래로
한 줄기 어두운 이 강물 아래로
검은 밤이 흐른다.
은하수가 흐른다.

낡은 밤에 숨 막히는 나도 흐르고
은하수에 빠진 푸른 별이 흐른다.

강물 아래로 강물 아래로
못 견디게 어두운 이 강물 아래로
빛나는 태양이
다다를 무렵

이 강물 어느 지류에 조각처럼 서서
나는 다시 푸른 하늘을 우러러 보리……

♠시인은 이 시에 대하여 스스로 다음과 같이 말하고 있다. '일제하에서 뜻있는 문우들은 모두 산으로 시골로 뿔뿔이 숨어버리고 이른바 일급 문인들과 함께 어느 철딱서니 없는 젊은 문학도들이 '조선 문인 보급회'라는 일제 앞잡이의 대열에 뛰어들어 조국을 패망의 구렁으로 몰고 가는데 부채질하는 반역을 저질렀으니 가슴아픈 회고가 아닐 수 없다.'

망향의 노래

한 이파리
또 한 이파리
시나브로 지는
지치도록 흰 복사꽃을

꽃잎마다
지는 꽃잎마다
곱다랗게 자꾸만
감기는 서러운 연륜을

늙으신 아버지의
기침소리랑
곤때 가신 지 오랜 아내랑
어리디어린 손자랑 사는 곳

버리고 온 "생활"이며
나의 벅차던 청춘이
아직도 되살아 있는
고향인 성만싶어 밤을 새운다.

♠고향을 버리고 떠나와야만 했던 서러운 역사의 현실 앞에서 시인은 지는 꽃잎을 바라보며 슬픔에 잠겨 있다. 세월이 흐를 때마다 고향 생각은 점점 더 깊어만 간다. 밤이 깊어도 잠못 이루며 과거를 회상하는 망향의 정한이 슬픈 곡조로 흐르는 비가이다.

오후의 명상

내 소박한 정원을 장식하는 어린 은행나무여
봄이 또 너에게 무엇을 준다 하여
고 갸륵한 손들을 차츰차츰 벌리기 시작하였느뇨?

오후에 내 너를 바라보며 네 옆에 앉아서 명상하는 것은
밤에 너와 소곤대는 별들의 푸른 이야기도 아니

♠신석정의 모든 시들은 대개가 다 그 소재를 농촌에서 얻고 있다. 그런만큼 시 자체가 항상 소박하며 참신하다. 이 시 역시 석정의 그러한 시생활을 엿볼 수 있는 작품이다.

요
다만 너의 변할 줄 모르는 무심한 생활이어니

나의 어린 은행나무여
이윽고 너는 건강한 가을을 맞이하여
황금같이 노오란 네 단조한 잎새들로 하여금
그 푸른 하늘에 시를 쓰는 일과를 잊지 않겠지
……

"여보! 당신은 어서 그 좁은 주택을 떠나서
산새처럼 저 푸른 하늘을 날고 싶지 않소?"
네가 쓰는 시에는 이런 구절이 있었나니

나의 젊은 시인 은행나무여
쪽지 부러진 내 마음의 작은 산새가 또 얼마나
퍼덕이겠니
오는 가을에는……
오는 가을에는……
오는 가을에는……

나무 등걸에 앉아서

요요한
산이로다.

겹겹이 쌓인 풀길 없는 우리 가슴같이
깊은 산이로다.

아아라한 오월 하늘 짙푸른 속에
종달새

♠자연을 그리워하는 시인의 마음이 로맨틱하게 펼쳐진 시이다. 한 폭의 동양화를 감상하듯 차분한 어조(語調)로 시인의 마음은 인간 생명의 구원으로까지 이어지고 있다.

종달새
종달새는 미치게 울고

산은
첩첩
청대숲보다 더 밋밋하고 무성한데

아기자기한 우리 두 가슴엔
오늘사 태양 따라 환히 트인 길이 있어

이 나무 등걸에 널 껴안은 채
이토록 즐거운 눈물이 자꾸만 쏟아지는 것은

진정 죽고 싶도록 살고 싶은
사랑보다는 뜨겁고 더 존엄한 꽃이
가슴 깊이 피어난 까닭이리라.

임께서 부르시면

가을날 노랗게 물들인 은행잎이
바람에 흔들려 휘날리듯이
그렇게 가오리다
임께서 부르시면……

♠이 시의 주제는 그리움이다. 「동광」(1931. 8) 24호에 발표한 작품이다.

호수에 안개 끼어 자욱한 밤에
말없이 재 넘는 초승달처럼
그렇게 가오리다
임께서 부르시면……

포곤히 풀린 봄 하늘 아래
굽이굽이 하늘 가에 흐르는 물처럼

그렇게 가오리다
임께서 부르시면

파아란 하늘에 백로가 노래하고
이른 봄 잔디밭에 스며드는 햇볕처럼
그렇게 가오리다
임께서 부르시면……

산 산 산

지구엔
돋아난
산이 아름다웁다
산은 한사ㅎ고
높아서 아름다웁다
산에는
아무 죄 없는 짐승과
엘레나보다 어여쁜 꽃들이
모여서 살기에 더 아름다웁다.
언제나
나도 산이 되어 보나 하고
기린같이 목을 길게 늘이고 서서
멀리 바라보는
山
山
山

♠순수시를 지향하는 전원파 시인 신석정의 시 세계가 잘드러나 있는 작품이다.

들길에 서서

푸른 산이 흰 구름을 지니고 살 듯

♠끝끝내 전원에 묻혀 살고자

내 머리 위에는 항상 푸른 하늘이 있다.

하늘을 향하고 산삼(山森)처럼 두 팔을 드러
  낼 수 있는 것이 얼마나 숭고한 일이냐.

두 다리는 비록 연약하지만 젊은 산맥으로 삼고
부절히 움직인다는 둥근 지구를 밟았거니……

푸른 산처럼 든든하게 지구를 디디고 사는 것
  이 얼마나 기쁜 일이냐.

뼈에 저리도록 〈생활〉은 슬퍼도 좋다.
저문 들길에 서서 푸른 별을 바라보자!

푸른 별을 바라보는 것은 하늘 아래 사는 거
  룩한 나의 일과이거니……

하는 시인의 의지가 담긴 시이다.「문장」(1939. 6)에 발표된 작품이다.

작은 짐승

〈난(蘭)〉이와 나는
산에서 바다를 바라다 보는 것이 좋았다.
밤나무
소나무
참나무
느티나무
다문다문 선 사이사이로 바다는 하늘보다 푸르
  렀다.

〈난〉이와 나는
작은 짐승처럼 앉아서 바다를 바라다 보는 것이

♠시인의 눈은 인간을 한 마리의 작은 짐승으로 보고 있다. 일제에 밟힌 작고 힘없는 짐승, 그 나약한 우리민족이 갈 길은 어디인가? 시인은 다만 모든 것을 바라보기만 할 뿐이다.

좋았다.
짐승같이 말없이 앉아서
바다를 바라다 보는 것은
기쁜 일이었다.

〈난〉이와 내가
푸른 바다를 향하고 구름이 자꾸만 놓아
가는
붉은 산모와 흰 대리석 층층계를 거닐며
물오리처럼 떠 다니는 청자기 빛 섬을
어루만질때
떨리는 심장같이 자즈러지게 흩날리는 느티나
무 잎새가
〈난〉이의 머리칼에 매달리는 것을 나는 보았
다.

〈난〉이와 나는
역시 느티나무 아래에 말없이 앉아서
바다를 바라다 보는 순하디 순한 작은 짐
승이었다.

신석초(申石艸)

바람춤

언제나 내 더럽히지 않을
티 없는 꽃잎으로 살어여러 했건만
내 가슴의 그윽한 수풀 속에
솟아오르는 구슬픈 샘물을
어이할까나.

♠불교적인 사상이 바탕을 이룬 전통적인 경향의 시이다. 주제는 종교적인 정신과 세속적인 번뇌의 갈등이다.

청산 깊은 절에 울어 끊인
종소리는 아마 이슷하여이다.
경경히 밝은 달은
빈 절을 덧없이 비초이고
뒤안 이슥한 꽃가지에
잠 못 이루는 두견조차
저리 슬피 우는다.

아아 어이 하리. 내 홀로
다만 내 홀로 지닐 즐거운
무상한 열반을
나는 꿈꾸었노라.
그러나 나도 모르는 어지러운 티끌이
내 맘의 맑은 거울을 흐리노라.

몸은 서러라
허물 많은 사바의 몸이여!
현세의 어지러운 번뇌가
짐승처럼 내 몸을 물고
오오, 형체, 이 아리따움과
내 보석 수풀 속에
비밀한 뱀이 꿈어리는 형역(形役)의
끝없는 갈림길이여.

구름으로 잔잔히 흐르는 시냇물 소리
지는 꽃잎도 띄워 둥둥 떠내려가것다.
부서지는 주옥의 여울이여
너울너울 흘러서 창해에
미치기 전에야 끊일 줄이 있으리.
저절로 흘러가는 널조차 부러워라.

삼각산 옆에서

이 산 밑에 와 있네.
내 흰 구름송이나 보며
이 곳에 있네.

꽃이나 술에
묻히어 살던
도연명이 아니어라.

눈 개면 환히 열리는 산
눈 어리는 삼각산 기슭
너의 자락에 내 그리움과
아쉬움을 담으리.

♠각박하고 고달픈 현대 생활을 떠나 잠시 자연에 귀의하려는 시인의 여유가 담겨진 시이다.「현대문학」(1963. 10)에 〈삼각산 밑에서〉라는제목으로 발표한 시이다.

고 풍(古風)

분홍색 회장저고리
남끝동 자주고름
긴 치맛자락을
살며시 치켜들고
치마밑으로 하얀
외씨버선이 고와라.
멋들어진 어여머리
화관 몽두리
화관 족두리에
황금 용잠 고와라.
은은한 장지 그리메
새 치장하고 다소곳이
아침 난간에 섰다.

♠고조(古調)를 바탕으로 상징시를 주로 쓴 신석초는 생활의 서정을 매우 중요시했다.「시문학」(1971. 7) 창간호에 발표한 작품이다. 주제는 한여인의 고풍 차림에서 느끼는 옛스러운 멋과 아름다움이다.

돌팔매

바다에, 끝없는
물ㅅ결 위으로,
내, 돌팔매질을 하다.
허무에 쏘는 화살셈 치고서.

돌알은 잠ㅅ간
물연기를 일고,
금빛으로 빛나다
그마, 자취도 없이 사라지다.

오오, 바다여 !
내 화살을
어디다, 감추어 버렸나,

바다에,
끝없는 묻ㅅ결은,
그냥, 가마득할 뿐……

♠끝없는 바다에 대한 도전과 그 의지의 좌절을 읊은 시이다. 시인은 끝없이 넓은 바다에 돌팔매질을 하면서 그 행위가 곧 허무에 쏘는 화살이라고 생각한다. 「한국시선」(1968. 10. 1)에 실린 작품이다.

심 훈(沈薰)

그 날이 오면

그 날이 오면, 그 날이 오면은
삼각산이 일어나 더덩실 춤이라도 추고
한강물이 뒤집혀 용솟음칠 그 날이
이 목숨이 끊어지기 전에 와 주기만 하량이면
나는 밤하늘에 날으는 까마귀와 같이
종로의 인경을 머리로 드리받아 울리오리다.

♠조국의 해방을 염원하는 시인의 간절한 소망을 담은 시이다. 만약 조국이 해방되는 그 날이 오기만 하면 목숨은 버려도 좋다는 것이 이 시의 맥을 이루고 있다. 일제 치하의 저항시 가운데 으뜸으로 치고있는 이 시는 심훈의 대표작이다.

두개골은 깨어져 산산조각이 나도
기뻐서 죽사오매 무슨 한이 남으오리까.

1930년3월1일에 쓴 것으로 알려지고 있다.

그 날이 와서, 오오 그 날이 와서
육조(六曺) 앞 넓은 길을 울며 뛰며 뒹굴어도
그래도 넘치는 기쁨에 가슴이 미어질 듯하거든
드는 칼로 이 몸의 가죽이라도 벗겨서
커다란 북을 만들어 들쳐 메고는
여러분의 행렬에 앞장을 서오리다.
우렁찬 그 소리를 한번이라도 듣기만 하면
그 자리에 거꾸러져도 눈을 감겠소이다.

오오, 조선의 남아여!

—백림(伯林) 마라톤에 우승한 손(孫), 남(南) 양군에게

그대들의 첩보(捷報)를 전하는 호외 뒷등에
붓을 달리는 이 손은 형용 못할 감격에 떨린다.
이역의 하늘 아래서 그대들의 심장 속에 용솟음
치던 피가
2천 3백만의 한 사람인 내 혈관 속을 달리기
때문이다.

♠이 시는 1936년 8월 10일새벽 신문 호외(號外) 뒷면에 쓴 절필이다. 억압에 짓눌린 자의 피끓는 절규가 생생히 드러나 있다.

"이겼다"는 소리를 들어 보지 못한 우리의 고
막은
깊은 밤 전승의 방울소리에 터질 듯 찢어질 듯.
침울한 어둠 속에 짓눌렸던 고토(故土)의 하늘
도
올림픽 거화(炬火)를 켜든 것처럼 화다닥 밝으
려 하는구나!

오늘 밤 그대들은 꿈속에서 조국의 전승을 전하
고자
마라톤 험한 길을 달리다가 절명한 아테네의 병
사를 만나 보리라.
그보다도 더 용감하였던 선조들의 정령(精靈)이
가호하였음에
두 용사 서로 껴안고 느껴 느껴 울었으리라.

오오, 나는 외치고 싶다! 마이크를 쥐고
전 세계의 인류를 향해서 외치고 싶다!
"인제도 인제도 너희들은 우리를 약한 족속
이라고, 부를 터이냐!"

안도섭(安道燮)

눈

가지끝 내리는 하얀 나래
누구의 강림이기
그토록 밝아옴이
살아 숨쉬는 마음들아
새 아침을 열으리

♠ 눈은 얼어붙은 마른가지에도 솜털같은 날개를 달아준다. 이 티끌 쌓인 지상에 눈이 내리면 세상은 온통 환희에 차고 밝음음으로 가득해진다.

양주동(梁柱東)

영원한 비밀

임은 내게 황금으로 장식한 작은 상자와

♠인생에 있어서의 삶의 감정

상아로 만든 열쇠를 주시면서,
언제든지 그의 얼굴이 그리웁거든
가장 갑갑할 때에 열어 보라 말씀하시다.

날마다 날마다 나는 임이 그리울 때마다
황금상(箱)을 가슴에 안고 그 위에 입 맞추었으나,
보다 더 갑갑할 때가 후일에 있을까 하여
마침내 열어 보지 않았노라.

그러나 어찌 알았으랴! 먼 먼 후일에
내가 참으로 황금상을 열고 싶었을 때엔,
아아! 그 때엔 이미 상아의 열쇠를 잃었을 것을.

(황금상-그는 우리 임께서 날 버리고 가실 때
최후에 주신 영원의 비밀이러라.)

을 상징적인 수법으로 노래한 시이다. 작자가 이 시를 쓸 당시인 1920년대의 우리 문학 수준을 감안할 때, 이 시는 매우 참신하고 의욕적인 느낌을 준다. 이 시에서의 흠이 있다면 그것은 마지막 부분이 약간 설명적이라는 점이다. 하지만 이 시의 상징적인 감각이 그러한 군더더기를 어느 정도는 지워 주고 있다.

산 길

1
산길을 간다, 말 없이
호올로 산길을 간다.

해는 져서 새 소리 그치고
짐승의 발자취 그윽히 들리는

산길을 간다, 말 없이
밤에 호올로 산길을 간다.
2

♠이 시의 주제는 빼앗긴 조국의 험한 독립의 길이다.시인은 이 길을 외롭게 간다. 일제 식민지 시절을 상징하는 애국시이다.

고요한 밤
어두운 수풀

가도 가도 험한 수풀
별 안보이는 어두운 수풀

산길은 험하다.
산길은 멀다.

3

꿈 같은 산길에
화톳불 하나.

(길 없는 산길은 언제나 언제나 끝나리)
(캄캄한 밤은 언제나 새리)

바위 위에
화톳불 하나.

산 넘고 물 건너

산 넘고 물 건너
내 그대를 보려 길 떠났노라.

그대 있는 곳 산 밑이라기
내 산길을 토파 멀리 오너라.

그대 있는 곳 바닷가라기
내 물결을 헤치고 멀리 오너라.

아아, 오늘도 잃어진 그대를 찾으려

♠사랑을 위한 인내와 연모의 정을 나타낸 시이다. 시집 「조선의 맥박」(1932. 2)에 수록된 작품이다.

이름 모를 이 마을에 헤매이노라.

조선의 맥박

한밤에 불 꺼진 재와 같이
나의 정열이 두 눈을 감고 잠잠할 때에,
나는 조선의 힘 없는 맥박을 짚어 보노라.
나는 임의 모세관, 그의 맥박이로다.

이윽고 새벽이 되어, 훤한 동녘 하늘 밑에서
나의 희망과 용기가 두 팔을 뽐낼 때면,
나는 조선의 소생된 긴 한숨을 듣노라.
나는 임의 기관이요, 그의 숨결이로다.

그러나 보라, 이른 아침 길가에 오가는
튼튼한 젊은이들, 어린 학생들, 그들의 공 던지
  는 날랜 손발, 책보 낀 여생도의 힘 있는 두
  팔
그들의 빛나는 얼굴, 활기 있는 걸음걸이
아아! 이야말로 조선의 맥박이 아닌가!

무럭무럭 자라나는 갓난아이의 귀여운 두 볼
젖 달라 외치는 그들의 우렁찬 울음, 작으나마
  힘찬, 무엇을 잡으려는 그들의 손아귀
해죽해죽 웃는 입술, 기쁨에 넘치는 또렷한 눈
  동자.
아아! 조선의 대동맥, 조선의 폐는 아기야 너
  에게만 있도다.

해곡(海曲) 3장

1
임실은 배 아니언만
하늘 가에 돌아가는 흰 돛을 보면
까닭 없이 이 마음 그립습니다.

호올로 바닷가에 가서
장산에 지는 해 바라보노라니
나도 모르게 밀물이 발을 적시 옵내다.

2
아침이면 해 뜨자
바위 위에 굴 캐러 가고요
저녁이면 옅은 물에서 소라도 줍고요.

물결 없는 밤에는
고기잡이 배 타고 달래섬 갔다가
안 물리면 달만 싣고 돌아오지요.

3
그대여
시를 쓰랴거든 바다로 오시오.
바다 같은 숨을 쉬랴거든.

임이여
사랑을 하랴거든 바다로 오시오.
바다 같은 정열에 잠기랴거든.

♠바다를 향한 연모의 정을 주제로 하고 있는 이 시는 「조선문단」(1925. 10)에 수록된 작품이다.

오상순(吳相淳)

방랑의 마음

흐름 위에
보금자리 친
오! 흐름 위에
보금자리 친
나의 혼……,

바다 없는 곳에서
바다를 연모하는 나머지에
눈을 감고 마음 속에
바다를 그려 보다
가만히 앉아서 때를 잃고……

옛 성 위에 발돋움하고
들 너머 산 너머 보이는 듯 마는 듯
어렷거리는 바다를 바라보다
해지는 줄도 모르고……

바다를 마음에 불러 일으켜
가만히 응시하고 있으면
깊은 바다 소리
나의 피의 조류(潮流)를 통하여 오도다.

망망한 푸른 해원—
마음눈에 펴서 열리는 때에
안개 같은 바다의 향기
코에 서리도다.

♠이 시의 주제는 현실을 떠난 미지의 세계에 대한 동경이다. 영혼은 끝없이 어디론가 흐르고 있고, 그 흐름 위에 보금자리를 치고 있다. 고독한 영혼, 그 끝없는 방랑의 마음은 한갓 허무에서 비롯되는 것이다. 소박한 표현에 생의 무상함이 깃든 작품이다. 속세를 멀리하고 차원 높은 관념의 세계로 안주하려는 시인의 집념이 보이는 오상순의 대표작이다.

첫날 밤

어어 밤은 깊어
화촉동방의 촛불은 꺼졌다.
허영의 의상은 그림자마저 사라지고……

그 청춘의 알몸이
깊은 어둠바다 속에서
어족(魚族)인 양 노니는데

홀연 그윽히 들리는 소리 있어,

야야……야!
태초 생명의 비밀 터지는 소리
한 생명 무궁한 생명위로 통하는 소리
열반(涅槃)의 문 열리는 소리
오오 구원의 성모 현빈(玄牝)이여!

머언 하늘의 뭇 성좌는
이 밤을 위하여 새로 빛날진저!

밤은 새벽을 배(孕胎)고
침침히 깊어 간다.

♠이 시에서의 '첫날밤'은 속된 인간의 첫날밤이 아니다. 영원의 문으로 향하는 종교적인 의미의 첫날밤으로 보는 것이 타당하다.

오일도(吳一島)

내 소녀

빈 가지에 바구니 걸어 놓고

♠따사로운 봄의 서정과 비밀

내 소녀 어디 갔느뇨.

……………………………

박사(薄紗)의 아지랭이
오늘도 가지 앞에 아른거린다.

스런 낭만을 노래한 오일도의 대표작이다. 점선으로 한 줄의 시행(詩行)을 잡아 생략법을 사용함으로써 시를 성공시키고 있다. 「시원」(1936. 8)에 발표한 작품이다.

누른 포도잎

검젖은 뜰 위에
하나 둘……
말없이 내리는 누른 포도잎.

오늘도 나는 비 들고
누른 잎을 울며 쓰나니

언제나 이 비극 끝이 나려나!

검젖은 뜰 위에
하나 둘……
말없이 내리는 누른 포도잎.

♠색채감이 매우 짙은 작품이다. 검게 젖은 뜰 위에 하나 둘 내리는 누른 포도잎은 퍽 비극적인 느낌을 준다. 「시원」(1935. 12) 5호에 발표한 작품이다.

내 연인이여! 가까이 오렴

내 연인이여! 좀더 가까이 오렴
지금은 애수의 가을, 가을도 이미 깊었나니.

검은 밤 무너진 옛 성너머로

♠헤어진 님을 그리워하는 마음과 빼앗긴 조국의 광복을 염원하는 마음이 시의 전편에 잘 나타나 있다. 조국을 사랑하는 시인의 애국충정이 담긴 낭만

우수수 북성(北城) 바람이 우리를 덮어 온다.

적인 애국·애정시이다.

나비 날개처럼 앙상한 네 적삼
얼마나 차냐! 왜 떠느냐? 오오 매 무서워라.

내 연인이여! 좀더 가까이 오렴
지금은 조락의 가을. 때는 우리를 기다리지 않는다.

한여름 영화를 자랑하는 나뭇잎도
어느덧 낙엽이 되어 저—성뚝 밑에 훌쩍거린다.

잎사귀 같은 우리 인생 한번 바람이 흩어 가면
어느 강산 또 언제 만나리오.

좀더 가까이 좀더 가까이 오렴
한 발자치 그대를 두고도 내 마음 먼 듯해 미치겠노라.

전신의 피란 피 열화같이 가슴에 올라
오오 이 밤 새기 전 나는 타고야 말리니.

깜—한 네 눈이 무엇을 생각하느냐.

좀더 가까이 좀더 가까이 오렴
오늘 밤엔 이상하게도 마을 개 하나 짖들 않는다.

어두운 이 성뚝 길을 행여나 누가 걸어오랴
성 위에 한없이 짙어가는 밤—이 한밤은 오직

우리의 전유(專有)이오니.

네 팔이 내 목을 안아라. 우리는 두 청춘, 청춘
아! 제발 길어 다오.

노변(爐邊)의 애가

밤새껏 저 바람 하늘에 높으니
뒷산에 우수수 감나무 잎 하나도 안 남았겠다.

♠이 작품 역시 사랑을 주제로 한 시이다. 연인에 대한 연모의 정한과 그리움, 그것은 바로 잃어버린 조국에 대한 사랑일 수도 있는 것이다.

계절이 조락(凋落), 잎잎마다 새빨간 정열의
피를 마을 아이 다 모여서 무난히 밟겠구나.

시간조차 약속할 수 없는 오오 다의 파종(破鍾)
아
울적의 야공을 이대로 묵수(默守) 하려느냐?

구름 끝 열규(熱叫) 하던 기러기의 한줄기
울음도
멀리 사라졌다. 푸른 나라로 푸른 나라로—
고요한 노변에 홀로 눈 감으니
향수의 안개비 자욱히 앞을 적시네.

꿈속같이 아득한 옛날, 오 나의 사랑아
너의 유방(乳房)에서 추방된지 이미 오래라.

거친 비바람 먼 사막의 길을
숨가쁘게 허덕이며 내 심장은 찢어졌다.
가슴에 안은 칼 녹스는 그대로

오오 노방(路傍)의 죽음을 어이 함을 것이냐!

말없는 냉희(冷灰) 위에 질서없이 글자를 따라
모든 생각이 떴다——잠겼다——또 떴다——

——앞으로 흰눈이 펄펄 산야(山野)에 내리리라
——앞으로 해는 또 저무리라.

눈이여! 어서 내려다오

눈이여! 어서 내려다오.
저 황막한 벌판을 희게 덮게 하오.

♠암울한 현실의 삭막함을 한탄하며 쓴 시이다. 황막한 현실에 눈이 내려 깨끗이 덮이기를 기원하는 시인의 슬픈 염원이 잘 나타나 있다.

차디찬 서리의 독배(毒杯)에 입술 터지고
무자비한 바람 때 없이 지내는 잔 칼질에
피투성이 낙엽이 가득 쌓인
대지의 젖가슴 포-트립 빛의 상처를.

눈이여! 어서 내려 다오
저어 앙상한 앞 산을 고이 덮어 다오.

사해(死骸)의 한지(寒枝) 위에
까마귀 운다
금수(錦繡)의 옷과 청춘의 육체를 다 빼앗기고
한위(寒威)에 쭈그리는 검은 얼굴들.

눈이여! 펑펑 내려 다오
태양이 또 그 위에 빛나리라.

가슴 아픈 옛 기억을 묻어 보내고

싸늘한 현실을 잊고
성역(聖域)의 새 아침 흰 정토(浮土) 위에
내 영을 쉬이려는 희원(希願)이오니.

5월 화단

5월의 더딘 해 고요히 내리는 화단.
하루의 정열도
파김치 같이 시들다.
바람아, 네 이파리 하나 흔들 힘 없니!

어두운 풀 사이로
월계의 꽃조각이 환각(幻覺)에 가물거리다.

♠오월의 화단을 보고 지은시이다. 고운 오월의 시상이 아름답게 나타나 있다.

검은 구름

높이 하늘에서
검은 구름이 가슴 한복판을 누린다.

내 무슨 죄로
두 손 가슴에 얹고 반듯이 침대에 누워
취행 시간을 기다리느뇨.

그러나 모두 우습다.
그러나 모두 무(無)다.

눈만 달아
벌레 먹은 육체, 내려다 볼 때에

♠인생의 허무와 무상을 주제로 한 시이다. 죽음을 앞에 보면서 그동안 자신이 걸어온 인생의 발자취를 더듬어보는 시인의 진실이 담겨있는 작품이다.

인생은 결국 동물의 한 현상이어니,

백년도 그렇고……
천 년도 그렇고……

내 한 가지 희원(希願)은
나 간 후
뉘우칠 것도 꺼릴 것도 아무것도 없게 하라.

코스모스꽃

가을볕 엷게 내리는 울타리 가에
쓸쓸히 웃는 코스모스꽃이여!

너는 전원이 기른
청초한 여시인(女詩人).

남달리 심벽(深僻)한 곳, 늦 피는 성격을 가졌
　으매
세상의 영예는 저 구름 밖에 멀었나니.

♠가을을 대표하는 꽃 코스모스를 통하여 청초한 여류 시인의 심벽한 성격을 묘사하고 있다. 주제는 코스모스의 정한(情恨)이다.

저녁 놀

작은 방 안에
장미를 피우려다 장미는 못 피우고
저녁놀 타고
나는 간다.

♠아름다운 저녁놀을 보고 인생의 종장(終章)을 생각하는 시인의 마음이 드러나있는 작품이다. 이 시는 오일도의 마지막 작품이다.

모가지 앞은 잊어 버려라.
하늘 저편으로
둥둥 떠 가는
저녁 놀!

이 우주에
저보다 더 아름다운 것이 무엇이랴.
저녁놀 타고
나는 간다.

붉은 꽃밭 속으로——
붉은 꿈나라로——

유치환(柳致環)

깃 발

이것은 소리없는 아우성.
저 푸른 해원을 향하여 흔드는
영원한 노스탤지어의 손수건.
순정은 물결같이 바람에 나부끼고
오로지 맑고 곧은 이념의 푯대 끝에
애수는 백로처럼 날개를 펴다.
아! 누구인가?
이렇게 슬프고도 애닯은 마음을
맨 처음 공중에 달 줄을 안 그는.

♠깃발, 그것은 생명을 보다 가치있게 만드는 영원한 노스탤지어의 손수건이다. 물결같이 나부끼는 순정으로 낭만적인 향수를 그리워하는 시인의 정서가 잘 나타나 있는 작품이다. 「조선문단」(1936. 1)에 수록되어 있다.

행 복

——사랑하는 것은
사랑을 받느니 보다 행복하나니라.
오늘도 나는
에메랄드 빛 하늘이 환히 내다뵈는
우체국 창문 앞에 와서 너에게 편지를 쓴다.

행길을 향한 문으로 숱한 사람들이
제각기 한 가지씩 생각에 족한 얼굴로 와선
총총히 우표를 사고 전보지를 받고
먼 고향으로 또는 그리운 사람께로
슬프고 즐겁고 다정한 사연들을 보내나니.

세상의 고달픈 바람결에 시달리고 나부끼어
더욱 더 의지 삼고 피어 헝클어진
인정의 꽃밭에서
너와 나의 애틋한 연분도
한 방울 연련한 진홍빛 양귀비꽃인지도 모른다.

——사랑하는 것은
사랑을 받느니보다 행복하나니라.
오늘도 나는 너에게 편지를 쓰나니
——그리운 이여, 그러면 안녕!

설령 이것이 이 세상 마지막 인사가 될지라도
사랑하였으므로 나는 진정 행복하였네라.

♠이 시의 주제는 참사랑의 행복이다. 진정한 사랑의 의미와 행복의 실체를 증거하고 있는 시이다. 사랑은 받는 것보다 주는데 더 의의가 있다고 하는 청마 시인의 애정관이 잘 나타나 있는 작품이다.

그리움

파도야 어쩌란 말이냐

♠청마의 시 가운데는 〈그리

파도야 어쩌란 말이냐
임은 물같이 까딱 않는데
파도야 어쩌란 말이냐.
날 어쩌란 말이냐.

움〉이라는 제목의 시가 두 편이 있다. 두 편다 수작(秀作)이며, 널리 애송되고 있다. 이 시의 주제는 짝사랑에 대한 그리움이다.

그리움

오늘은 바람이 불고
나의 마음은 울고 있다.
일찌기 너와 거닐고 바라보던 그 하늘 아래 거리 언마는
아무리 찾으려도 없는 얼굴이여.
바람 센 오늘은 더욱 더 그리워
진종일 헛되이 나의 마음은
공중의 깃발처럼 울고만 있나니
오오, 너는 어드메 꽃같이 숨었느냐.

♠이 시의 주제는 헤어진 연인에 대한 그리움이다.

일 월(日月)

나의 가는 곳
어디나 백일(白日)이 없을소냐.

머언 미개적 유풍(遺風)을 그대로
성신(星辰)과 더불어 잠자고

비와 바람을 더불어 근심하고
나의 생명과
생명에 속한 것을 열애(熱愛)하되

♠원초적인 생명 의지를 지향하는 시인의 마음이 형상화된 작품이다. 일제의 압박 속에서도 그 수난에 굴하지 않고 굿굿한 의지를 보여주는 건강한 시이다. 「문장」(1939. 4) 3호에 수록되어 있다.

삼가 애련(愛憐)에 빠지지 않음은
——그는 치욕임일레라.

나의 원수와
원수에게 아첨하는 자에겐
가장 옳은 증오를 예비하였나니.

마지막 우러른 태양이
두 동공(瞳孔)에 해바라기처럼 박힌 채로
내 어느 불의에 짐승처럼 무찔리기로

오오, 나의 세상의 거룩한 일월에
또한 무슨 회한인들 남길소냐.

춘 신(春信)

꽃등인 양 창 앞에 한 그루 피어오른
살구꽃 연분홍 그늘 가지 새로
작은 멧새 하나 찾아와 무심히 놀다 가나니.

적막한 겨우내 들녘 끝 어디에서
작은 깃 얽고 다리 오그리고 지내다가
이 보오얀 봄길을 찾아 문안하여 나왔느뇨.

앉았다 떠난 아름다운 그 자리 가지에 여운 남아
뉘도 모를 한 때를 아쉽게도 한들거리나니
꽃가지 그늘에서 그늘로 이어진 끝없이 작은 길이여.

♠시집「생명의 서」(1947) 에 수록되어 있는 이 시는 섬세한 감각과 언어로 구사된 서정시이다. 대개의 청마의 시가 관념과 의지로 일관되어 있으나, 이 시만큼은 서정적인 면이 강하다. 주제는 이른봄의 정취이다.

청령가(蜻蛉歌)
—정향(丁香)에게

고추잠자리 고추잠자리
무슨 보람이 이뤄져 너희 되었음이랴

노을 구름 비껴 뜬 석양 하늘에
잔잔히 눈부신 마노(瑪瑙) 빛 나래는
어느 인류의 쌓은 탑이
아리아리 이에 더 설우랴

덧없는 목숨이래
소망일랑 아예 갖지 않으며
요지경같이 요지경같이
높게 낮게 불타는 나의

——노래여
뉘우침이여

♠ 청마 시인이 일찌기 여류시인 이영도 여사를 사랑하였다는 것은 이미 널리 알려진 사실이다. 그는 이영도 여사를 사랑하는 정염으로 연시(戀詩)를 많이 썼다. 이 시의 대상이 된 '정향(丁香)'은 바로 이영도 여사를 일컫는 말이다.

광야에 와서

흥안령 가까운 북변(北邊)의
이 망막한 벌핀 끝에 와서
죽어도 뉘우치지 않으려는 마음 위에
오늘은 이레째 암수(暗愁)의 비 내리고
내 망난이에 본받아
화툿장을 뒤치고
담배를 눌러 꺼도

♠ 망막한 만주 벌판에 와서도 청마는 끝까지 도도한 삶의 자세를 견지하기 위해 혼신의 노력을 다하였다. 이 시는 바로 그러한 시인의 마음을 노래한 것이다.

마음은 속으로 끝없이 울리노니
아아 이는 다시 나를 과실(過失)함이러뇨.
이미 온갖을 저버리고
사람도 나도 접어 주지 않으려는 이 자학(自虐)
의 길에
내 열 번 패망의 인생을 버려도 좋으련만
아아 이 회오(悔悟)의 앓임을 어디메 호흡(號泣)
할 곳 없어
말없이 자리를 일어 나와 문을 열고 서면
정거장도 2백 리 밖
암담한 진창에 갇힌 철벽 같은 절망의 광야!

생명의 서

나의 지식이 독한 회의를 구하지 못하고
내 또한 삶의 애증(愛憎)을 다 짐지지 못하여
병든 나무처럼 생명이 부대낄 때
저 머나먼 아라비아의 사막으로 나는 가자.

거기는 한번 뜬 백일이 불사신같이 작열하고
일체가 모래 속에 사멸한 영겁의 허적(虛寂)에
오직 알라의 신만이
밤마다 고민하고 방황하는 열사(熱沙)의 끝.

그 열렬한 고독 가운데
옷자락을 나부끼고 호올로 서면
운명처럼 반드시 '나'와 대면하게 될지니
하여 '나'란, '나'의 생명이란
그 원시의 본연한 자태를 다시 배우지 못하거든

♠삶의 허무와 고독을 극복한 생명의 의지가 강인하고 웅건하게 표현된 작품이다. 원시 생명으로 돌아가고자 하는 시인의 마음이 주제를 이루고 있다. 「동아일보」(1938, 10. 19)에 발표된 작품이다.

차라리 나는 어느 사구(沙丘)에 회한 없는
백골을 쪼이리라.

바 위

내 죽으면 한 개 바위가 되리라.
아예 애련(愛憐)에 물들지 않고
희로에 움직이지 않고
비와 바람에 깎이는 대로
억 년 비정(非情)의 함묵(緘默)에
안으로 안으로만 채찍질하여
드디어 생명도 망각하고
흐르는 구름
머언 원뢰(遠雷)
꿈 꾸어도 노래하지 않고,
두 쪽으로 깨뜨려져도
소리하지 않는 바위가 되리라.

♠삶의 허무에 대한 극복의 의지가 나타난 작품이다. 끝끝내 자아의 구원을 완성하겠다는 강인한 의지의 시이다. 「삼천리」(1941.4)에 발표되었다.

설 일(雪日)

하늘도 땅도 가림할 수 없어
보오얀히 적설(積雪)하는 날은
한 오솔길이 그대로
먼 천상(天上)의 언덕배기로 잇따라 있어
그 길을 찾아 가면
그 날 통곡하고 떠난 나의 청춘이
돌아가신 어머님과 둘이 살고 있어
밖에서 찾으면

♠눈이 내리는 날 과거를 회상하면서 문득 떠오른 영상을 한 편의 시로 끌어올린 작품이다. 주제는 그리움이다.

미닫이 가만히 밀리더니
빙그레 웃으며 내다보는 흰 얼굴!

꽃

가을이 접어드니 어디선지
아이들은 꽃씨를 받아와 모으기를 하였다.
봉숭아 금선화 맨드라미 나팔꽃
밤에 복습도 다 마치고
제각기 잠잘 채비를 하고 자리에 들어가서도
또들 꽃씨를 두고 이야기 –
우리 집에도 꽃 심을 마당이 있었으면 좋겠다고
어느 덧 밤도 깊어
엄마가 이불을 고쳐 덮어 줄 때에는
이 가난한 어린 꽃들은 제각기
고운 꽃밭을 안고 곤히 잠들어 버리는 것이었다.

♠청마시의 특징은 기교보다 주지적인 관념의 시라는 데 있다. 이 시 역시 아무런 기교없이 써 내려간 작품이다. 가난한 선비의 소박한 가정풍경이 섬세하게 그려져 있다.

윤곤강(尹崑崗)

나 비

비바람 험살궂게 거쳐 간 추녀 밑——
날개 찢어진 늙은 노랑 나비가
맨드라미 대가리를 물고 가슴을 앓는다.

찢긴 나래의 맥이 풀려
그리운 꽃밭을 찾아갈 수 없는 슬픔에
물고 있는 맨드라미조차 소태 맛이다.

♠늙고 병든 나비를 통하여 인생의 무상을 노래하고 있다. 이 시의 소재가 된 병들고 늙은 나비는 시인 자신일 수도 있고 일제의 압박을 받았던 우리 민족일 수도 있다. 「시문학」(1930. 5)에 수록된 작품이다.

자랑스러울손 화려한 춤 재주도
한 옛날의 꿈조각처럼 흐리어
늙은 무녀(舞女)처럼 나비는 한숨진다.

아지랭이

머언 들에서
부르는 소리
들리는 듯.

못 견디게 고운 아지랭이 속으로
달려도
달려가도
소리의 임자는 없고.

또다시
나를 부르는 소리.
머얼리서
더 머얼리서
들릴 듯 들리는 듯……

♠시인이 보고 있는 아지랑이, 그것은 어쩌면 시인이 모든 것을 다 바쳐 찾지 않으면 안될 그 무엇인지도 모른다. 시인이 바라보고 있는 아지랑이 속에서 시인을 부르는 소리가 들려오고 있다. 아지랑이 속에 숨겨진 것의 실체는 무엇일까? 그것은 사랑인가, 행복인가? 아니면 진리인가? 시인은 지금 무엇인가를 찾고있는 것이다.

단 사(丹蛇)
——K에게

양귀비꽃 희게 우거진 길섶에
눈부시는 붉은 금
또아리처럼 그려 놓고
징그럽게 고운 꿈
서리고 앉은 짐승.

♠뱀을 통하여 인간의 애욕을 그린 작품이다. 「백민」(1948. 7.) 15호에 수록된 시이다.

오오, 아름다운 꿈하!

주검처럼 고요한 동안
내 눈과 네 눈이 마주치는 찰나
징그러운 오뇌(懊惱)를 지녀, 너는
죄스럽게 붉은 한 송이 꽃이어라.

선뜻 대가리 감아 쥐고
휘휘 칭칭 목에 감아나 볼꺼나.

네 징그러운 속에 품은
해보다도 뜨거운 정열의 불꽃
낼름거리는 붉은 혓바닥으로
피도 안 나게 물어 뜯은 상채기—

이브·유우리디스·클레오파트라……

누리는 꽃 피는 여름이라
살구나무에 살구 열고
배나무에 배꽃 피는 시절……

어떤 이는 네 몸에서 사랑을 읽고
어떤 이는 네 몸에서 이별을 읽고
어떤 이는 네 몸에서 죽음을 읽었다.

아으, 못 견디게 고와도 아리따와도
덥석! 껴안고 입맞추지 못함은
내 더러힌 몸 다시 씻지 못하는 죄인저!

윤동주(尹東柱)

서 시(序詩)

죽는 날까지 하늘을 우러러
한 점 부끄럼이 없기를,
잎새에 이는 바람에도
나는 괴로와했다.

별을 노래하는 마음으로
모든 죽어가는 것을 사랑해야지.
그리고 나한테 주어진 길을
걸어가야겠다.

오늘 밤에도 별이 바람에 스치운다.

♠이 작품은 해방 후 간행된 윤동주의 유고시집「하늘과 바람과 별과 시」(1948. 1)의 머리에 놓인 시이다. 가냘픈 몸으로 강하게 현실의 벽을 타개하며 고고하게 살아가려는 시인의 마음이 함축성 있게 잘 표출되어 있다.

자화상

산모통이를 돌아 논가 외딴 우물을 홀로 찾아가선 가만히 들여다봅니다.

우물 속에는 달이 밝고 구름이 흐르고 하늘이 펼치고 파아란 바람이 불고 가을이 있읍니다.

그리고 한 사나이가 있읍니다.
어쩐지 그 사나이가 미워져 돌아갑니다.

돌아가다 생각하니 그 사나이가 가엾어집니다. 도로 가 들여다보니 사나이는 그대로 있읍니다.

♠일제의 압박에 대한 저항과 자학, 그리고 순교정신으로 일관했던 시인이 모든 것을 다바쳐 사랑하고 증오해야 했던 내면의 갈등을 노래한 시이다.

다시 그 사나이가 미워져 돌아갑니다.
돌아가다 생각하니 그 사나이가 그리워 집니다.

우물 속에는 달이밝고 구름이 흐르고 하늘이
펼치고 파아란 바람이 불고 가을이 있고
추억처럼 사나이가 있읍니다.

십자가

쫓아오던 햇빛인데
지금 교회당 꼭대기
십자가에 걸리었읍니다.

첨탑(尖塔)저렇게도 높은데
어떻게 올라갈 수 있을까요.

종소리도 들려오지 않는데
휘파람이나 불며 서성거리다가,

괴로왔던 사나이
행복한 예수 그리스도에게처럼
십자가가 허락된다면

모가지를 드리우고
꽃처럼 피어나는 피를
어두워가는 하늘 밑에
조용히 흘리겠읍니다.

♠이 시의 주제는 순절정신이다. 조국의 현실이 희생을 요구하면 언제든지 그 몸을 십자가에 매달 용의가 있음을 분명히 밝히는 내용의 시이다.

별 헤는 밤

계절이 지나가는 하늘에는
가을로 가득차 있습니다.
나는 아무 걱정도 없이
가을 속의 별들을 다 헬 듯합니다.

가슴 속에 하나 둘 새겨지는 별을
이제 다 못 헤는 것은
쉬이 아침이 오는 까닭이요,
내일 밤이 남은 까닭이요,
아직 나의 청춘이 다하지 않은 까닭입니다.

별 하나에 추억과
별 하나에 사랑과
별 하나에 쓸쓸함과
별 하나에 동경과
별 하나에 시와
별 하나에 어머니, 어머니,

어머님, 나는 별 하나에 아름다운 말 한 마디씩 불러 봅니다. 소학교 때 책상을 같이 했던 아이들의 이름과 패, 경, 옥, 이런 이국 소녀들의 이름과, 벌써 아기 어머니된 계집애들의 이름과, 가난한 이웃 사람들의 이름과, 비둘기, 강아지, 토끼, 노새, 노루, '프랑시스 잠' '라이너 마리아 릴케', 이런 시인의 이름을 불러 봅니다.

이네들은 너무나 멀리 있습니다.
별이 아스라이 멀듯이.

♠아름다운 이상 세계에의 동경과 조국 광복에의 염원을 주제로 한 시이다. 아름다운 조국에 대한 그리움과 민족의 슬픔이 상징적으로 표현되어 있다.

어머님,
그리고, 당신은 멀리 북간도에 계십니다.

나는 무엇인지 그리워
이 많은 별빛이 내린 언덕 위에
내 이름자를 써 보고,
흙으로 덮어 버리었습니다.
딴은 밤을 새워우는 벌레는
부끄러운 이름을 슬퍼하는 까닭입니다.
그러나, 겨울이 지나고 나의 별에도 봄이 오
　면, 무덤 위에 파란 잔디가 피어나듯이
내 이름자 묻힌 언덕 위에도
자랑처럼 풀이 무성할 거외다.

또 태초의 아침

하얗게 눈이 덮이었고
전신주가 잉잉 울어
하나님 말씀이 들려 온다.

무슨 계시일까.

빨리
봄이 오면
죄를 짓고
눈이
밝아

이브가 해산하는 수고를 다하면

♠이 시는 일제의 압박이 절정에 달했던 1941년 5월 31일에 쓰여진 것으로 알려지고 있다. 빼앗긴 조국에 대한 부활의 사상이 높은 차원에서 다루어진 작품이다. 이 시에 나타난 절망은 곧 시인 윤동주의 희망과도 상통한다. 그는 빨리 봄이 오면 죄를 덜고 이마에 땀을 흘리는 수고로 새 세계의 건설에 노력할 것을 계획하고 있는 것이다.

무화과 잎사귀로 부끄런 데를 가리고

나는 이마에 땀을 흘려야겠다.

길

잃어 버렸습니다.
무엇 어디다 잃었는지 몰라

두 손의 호주머니를 더듬어
길에 나아갑니다.

돌과 돌이 끝없이 연달아
길은 돌담을 끼고 갑니다.

담은 쇠문을 굳게 닫아
길 위에 긴 그림자를 드리우고

길은 아침에서 저녁으로
저녁에서 아침으로 통했습니다.

돌담을 더듬어 눈물짓다.
쳐다보면 하늘은 부끄럽게 푸릅니다.

풀 한 포기 없는 이 길을 걷는 것은
담 저쪽에 내가 남아 있는 까닭이고

내가 사는 것은 다만
잃은 것을 찾는 까닭입니다.

♠이 작품은 시인 윤동주가 삶을 포기하지 않고 굳센 마음으로 살아가는 목표를 나타낸 시이다. 그는 '담' 저쪽에 그가 찾는 봄(조국 광복) 이 있기에 풀 한 포기 없는 황량한 길을 걷고 있는 것이다. 그의 염원은 자나 깨나 조국의 광복이었고, 잃어버린 자유를 다시 찾는 것이었다. 그래서 그는 늘 오기 있는 저항정신으로 그의 삶을 일관했던 것이다.

슬픈 족속

흰 수건이 검은 머리를 두르고,
흰 고무신이 거친 발에 걸리우다.

흰 저고리 치마가 슬픈 몸짓을 가리고,
흰 띠가 가는 허리를 질끈 동이다.

♠짧은 시 속에 일제에 수난당하는 우리 민족의 비극적인 모습을 간결하면서도 묵직하게 묘사하고 있다. 이 시의 주제는 민족주의이다.

또 다른 고향

고향에 돌아온 날 밤에
내 백골이 따라와 한 방에 누웠다.

어둔 밤은 우주로 통하고
하늘에선가 소리처럼 바람이 불어온다.

어둠 속에 곱게 풍화 작용하는
백골을 들여다보며,
눈물짓는 것이 내가 우는 것이냐?
백골이 우는 것이냐?
아름다운 혼이 우는 것이냐?

지조 높은 개는
밤을 세워 어둠을 짖는다.
어둠을 짖는 개는
나를 쫓는 것일게다.

가자 가자
쫓기우는 사람처럼 가자.
백골 몰래

♠이 시의 주제 역시 일제의압박에 대한 저항정신이다. 불굴의 의지로 절망감과 불안감을 이겨내려는 시인의 염원이 시의 전편을 흐르고 있다. 저항시의 대표작이라 할 수 있는 작품이다.

아름다운 또 다른 고향에 가자.

팔 복(八福)

마태복음 5장 3-12절

슬퍼하는 자는 복이 있나니
슬퍼하는 자는 복이 있나니
슬퍼하는 자는 복이 있나니
슬퍼하는 자는 복이 있나니
슬퍼하는 자는 복이 있나니
슬퍼하는 자는 복이 있나니
슬퍼하는자는 복이 있나니
슬퍼하는 자는 복이 있나니

저희가 영원히 슬플 것이요.

♠성경 구절을 따서 우리 민족은 복받는 민족임을 강조한 시이다. 시인은 우리 민족을 슬프게 하는 일제는 영원히 참슬플 것이라고 경고하고 있다.

참회록

파란 녹이 낀 구리거울 속에
내 얼굴이 남아 있는 것은
어느 왕조(王朝)의 유물이기에
이다지도 욕될까.

나는 나의 참회의 글을 한 줄에 줄이자.
—만 이십 사 년 일 개월을
무슨 기쁨을 바라 살아 왔던가.

내일이나 모래나 그 어느 즐거운 날에
나는 또 한 줄의 참회록을 써야 한다.
—그 때 그 젊은 나이에

♠빼앗긴 조국을 찾지 못한 채 일제의 압박 속에서 굴욕적인 삶을 영위하는 부끄러운 현실을 참회하는 시이다.

왜 그런 부끄런 고백을 했던가.

밤이면 밤마다 나의 거울을
손바닥으로 발바닥으로 닦아 보자.

그러면 어느 운석(隕石) 밑으로 홀로 걸어가
는 슬픈 사람의 뒷모양이
거울 속에 나타나온다.

바람이 불어

바람이 어디로부터 불어와
어디로 불려가는 것일까

바람이 부는데
내 괴로움에는 이유가 없다.

내 괴로움에는 이유가 없을까

단 한 여자를 사랑한 일도 없다.
시대를 슬퍼한 일도 없다.

바람이 자꾸 부는데
내 발이 반석 위에 섰다

강물이 자꾸 흐르는데
내 발이 언덕 위에 섰다.

♠이 시는 조국 광복에 대한 의지와 희망, 그리고 민족에 대한 끝없는 사랑이 주제를 이루고 있다.

이광수(李光洙)

빛

만물은 빛으로 이어서 하나.
중생은 마음으로 붙어서 하나,
마음 없는 중생 있던가?
빛 없는 만물 있던가?

흙에서도 뭍에서도 빛은 난다.
만물에 탈 때는 온 몸이 모두 빛.

해와 나,
모든 별과 나,
빛으로 얽히어 한 몸이 아니냐?
소와 나, 개와 나,
마음으로 붙어서 한 몸이로구나.
마음이 엉키어서 몸, 몸이 타며는 마음의 빛

항성들의 빛도 걸리는 데가 있고.
적외선 엑스선도 막히는 데가 있건마는
원 없는 마음의 빛은 시방(十方)을 두루 비
처라

♠이 시는 생명의 근원에 대한 마음의 영원성을 주제로 하고 있다. 불교적인 사상을 바탕으로 한 계몽적인 작품이다. 「춘원시가집」(1940. 2)에 수록되어 있다.

서울로 간다는 소

깎아 세운 듯한 삼방 고개로
누런 소들이 몰리어 오른다.
꾸부러진 두 뿔을 들먹이고
가는 꼬리를 두르면서 간다.

움머 움머 하고 연해 고개를

♠이 시의 주제는 자연의 섭리에 대한 미물(인간과 모든 생명체)의 복종이다. 소를 통하여 인간의 박애정신과 연민의 정을 나타내고 있다. 죽음을 향하여 끌려가면서도 묵묵히 복종하는 소의 우직성, 그것은바로 자연 앞에서 순종할 수 밖

뒤로 돌릴 때에 발을 헛 짚어
무릎을 끓었다가 무거운 몸을
한 걸음 올리곤 또 돌려 움머.

갈모 쓰고 채찍 든 소장사야
산길이 험하여 운다고 마라.
떼어 두고 온 젖먹이 송아지
눈에 아른거려 우는 줄 알라.

삼방 고개 넘어 세포 검불령
길은 끝없이 서울에 닿았네.
사람은 이길로 다시 올망정
새끼 둔 고산 땅, 소는 못 오네.

안변 고산이 넓은 저 벌은
대대로 내 갈던 옛 터로구나.
멍에에 벗겨진 등의 쓰림은
지고 갈 마지막 값이로구나.

에 없는 인간의 나약한 복종심을 강조한 것이다.

절 지(折枝)

꺾인 나뭇가지
병에 꽂혀서
꽃 피고 잎 피네.

뿌리 끊인 줄을
잊음 아니나
맺힌 맘 못 풀어서라.

맺힌 봉오리는

♠이 시에서 '꺾인 나뭇가지'는 곧 춘원 자신을 의미한다. 일제 말기에 친일파 행위를 했던 춘원이 조국의 광복과 함께 민족의 지탄을 받게 되었다. 이 때의 심정을 그는 '꺾인 나뭇가지'에 비유하여 노래한것이다.

피고야 마네
꺾은 맘이길래.

임

산 넘어 또 산 넘어 임을 꼭 뵈옵과저
넘은 산이 백이언만 넘을 산이 천(千)가 만(萬)가
두어라 억이요 조(兆)라도 넘어 볼까 하노라.

♠이 시에서 임은 한 인간의범주를 초월한 조국과 종교이다. 어려운 난맥 속에 갇힌 조국의 암울한 현실 속에서도 결코 좌절하지 않고 밝은 미래를 향해 전진하는 조국애가 잘 나타나 있는 작품이다.

노 래

나는 노래를 부르네.
끝없는 슬픈 노래를 부르네.
천지가 모두 고요한
한밤중에 내 홀로 깨어 있네
목을 놓아 끝없는 노래를 부르네.

노래는 떠 흩어지네.
흐르는 바람결을 타고 흩어지네.
새는 항아리에 물을 채우려고
길어다 붓고 또 길어다 붓는
여인 모양으로 나는 노래를 부르네.

나는 귀를 기울이네.
한 노래가 끝날 때마다 귀를 기울이네.

산에서나, 들에서나, 어느 바다에서나
행여나 회답이 오나 하고 귀를 기울이네.

♠민족의 어둠을 밝게 깨우치려는 선각자의 자각을 주제로 하고 있는 이 시는 춘원의 대표시로 널리 알려진 작품이다. 이 시에서 '한밤중에 내 홀로 깨어 있네'라는 귀절은 선각자의 자각을 나타내는 말이다. 어두운 시대에서도 시인은 홀로 깨어 민족의 앞날을 염려하고 있는 것이다. 이 시에 나타난 '노래'의 의미는 곧 '계몽'이다. 이 시의 체제는 자유시이며 현대시이다.

그리고 또 끝없는 내 노래를 부르네.

할미꽃

보리밭 가에
찌그러진 무덤——
그는 저 찌그러진 집에
살던 이의 무덤인가.

할미꽃 한 송이
고개를 숙였고나.

아아 그가 살던 밭에
아아 그가 사랑턴 보리,
푸르고 누르고
끝없는 봄이 다녀 갔고나.

이 봄에도
보리는 푸르고 할미꽃이 피니
그의 손자 손녀의 손에
나물 캐는 흙 묻은 시칼이 들렸고나. 그

변함 없는 농촌의 봄이여
끝없는, 흐르는 인생이여.

♠이 시는·시인이 어느 날 보리밭 가에 있는 찌그러진 어느 이름없는 무덤을 보고, 그 무덤 가에 소박하게 피어난 한송이의 할미꽃에서 농촌의 평화로운 봄과 끝없이 흐르는 삶의 의미를 관조하고 있다. 마치 한 폭의 그림을 그리듯이 전원의 봄풍경을 알뜰하게 표현한 이 시의 주제는 곧 인생의 허무와 무상(無常)이다.

불에 타는 벌레

하루 살다 죽는다는 하루살이도
그 하루 무사히 살기 어려워
무엇이 애타노 무엇을 구하노

♠이 시에는 어두운 시대의 민족에 대한 자애와 조국 광복에 대한 염원이 잘 나타나 있다. 이 시 역시 춘원의 민족주의에

쉴 새 없이 헤메다 거미줄에 걸려

불빛에 모여드는 여름 밤 나비들
광명이 그리워선가 따슨 거 찾아선가
기뻐선가 괴로워선가 싸고싸고 돌다가
불 속에 몸 던져 타 버리는 그들.

입각한 계몽적인 작품이다.

붓 한 자루

붓 한 자루
나와 일생을 같이 하란다.

무거운 은혜
어찌나 갚을지
무엇해서 갚을지 망연해도

쓰린 가슴을
부둠고 가는 나그네 무리
쉬어나 가게
내 하는 이야기를 듣고나 가게.

붓 한 자루여
우리는 이야기나 써볼 까이나.

♠춘원은 원래부터 문필가였다. 시인이며 수필가이며 소설가이며 평론가였던 그가 한 평생 글을 쓰면서 민족을 위해 일하겠다는 의지를 분명히 밝힌 시이다. 자기를 이 세상에 태어나도록 허락해준 조국과 민족 앞에 겸허하게 서서 은혜받은 고마움을 글로써 나타내겠다는 각오가 시의전 면에 흐르고 있다. 「조선문단」(1952.2) 5호에 발표된 작품이다.

비둘기

오오 봄 아침에 구슬프게 우는 비둘기
죽은 그 애가 퍽으나도 설게 듣던 비둘기
그 애가 가는 날 아침에도 꼭 저렇게 울더니.

♠불교의 인연설과 윤회사상을 바탕으로 하고있는 이 시의주제는 죽은 딸을 그리워하는 어버이의 간절한 정(情)이다.「조광」(1936.5)에 발표된 작품

그 애, 그 착한 딸이 죽은 지도 벌써 일년
"나도 죽어서 비둘기가 되고 싶어 산으로
돌아 다니며 울고 싶어" 하더니.

이다.

입산하는 벗을 보내고서

그대들은
산으로 가는고나.
시끄러운 세상을 버리고 깊이깊이
산으로 가는고나.
산으로 가는고나.
산중에 새벽종 울 때에
부엉새 황혼에 슬피 울 때에
그대인들 날 그려 어찌하리, 낸들 어찌하
리만 가라！산길이 저물리！어서 가소.

♠이 시에서의 벗은 속세를 떠나 입산하는 모든 사람들을 총칭한다. 주제는 속세를 떠나 산으로 들어간 벗을 그리는 간절한 정이다.

산에서 편지 왔네.
「외롭다」하였네.
벗아 외롭기야 산이가 들이나 다르랴.
솜옷 보내니 입으라！날 본듯이 입으소.

이병각(李秉珏)

연 모(戀慕)

나의 호반(湖畔)을 날아다니는 어린 나비
는 호박(琥珀)으로 만들어진 궁(宮)
속에서 나왔읍니다.
청(青) 나일보다 맑은 호수를 보았읍니다.

♠그리움을 주제로 하고있는 이 시는 섬세한 감각이 뛰어난다. 「시화」(1939. 5) 제2집에 수록되어 있다.

나의 아씨보다 아름다운 나비가 있거든
민들레 두견화 할 것 없이 할미꽃 삼월이
라도 좋으니
나의 호반에 돌려보내 주세요.

동풍이 불면 호수는 외로와지고
나의 소녀는 나비처럼 지쳐진답니다.
당신은 앙상한 호저(湖底)의 바위를 보시
렵니까?

이병기(李秉岐)

난 초

빼어난 가는 잎새 굳은 듯 보드랍고,
자짓빛 굵은 대공 하얀 꽃이 벌고,
이슬은 구슬이 되어 마디마디 달렸다.

본디 그 마음은 깨끗함을 즐겨하여,
정한 모래 틈에 뿌리를 서려 두고
미진(微塵)도 가까이 않고 우로(雨露) 받
아 사느니라.

♠난초의 맑고 깨끗한 자태를 주제로 하고있는 이 시는 가람의 대표작 중의 한 편이다. 이 연시조에는 시인이 가장 아끼는 난초의 곁을 한시도 떠날수 없다는 간절한 마음이 곱게 그려져 있다. 「문장」 (1939. 4) 3 호에 발표된 작품이다.

고향으로 돌아가자

고향으로 돌아가자, 나의 고향으로돌아가
자. 암 데나 정들면 못 살리 없으련마는,
그래도 나의 고향이 아니 가장 그리운가.

방과 곳간들이 모두 잿더미 되고,

♠새로운 삶의 의지와 개척 정신을 노래하고 있는 이 시는 「가람문선」(1966) 에 수록되어 있다. 첫째 연에서는 고향으로 돌아가고 싶은 마음을, 둘째 연에서는 고향을 사랑하는

장독대마다 질그릇 조각만 남았으나,
게다가 움이라도 묻고 다시 살아 봅시다.

삼베 무명 옷 입고 손마다 괭이 잡고,
묵은 그 밭을 파고 파고 일구고,
그 흙을 새로 걸구어 심고 걷고 합니다.

마음을, 세째 연에서는 고향에 돌아가 개척하는 정신을 각각 노래하고 있다.

비

짐을 매어 놓고 떠나려 하시는 이 날,
어둔 새벽부터 시름없이 내리는 비,
내일도 내리오소서, 연일 두고 오소서.

부디 머나먼 길 떠나지 마오시라.
날이 저물도록 시름없이 내리는 비,
저으기 말리는 정은 나보다도 더하오.

잡았던 그 소매를 뿌리치고 떠나신다.
갑자기 꿈을 깨니 반가운 빗소리라.
매어 둔 짐을 보고는 눈을 도로 감으오.

♠사랑하는 님과의 이별을 아쉬워하는 마음이 잘 나타나 있는 시이다. 이 시의 절정은 3연이다. 끝끝내 뿌리치고 떠나가는 님을 그리워하며 눈을 뜨니 그것은 꿈이었다. 현실적으로는 아직 떠나지 않고 있는 님을 보고서야 비로소 안심이 되는 시인의 마음은 사뭇 간절하기 그지없다.

아차산

고개 고개 넘어 호젓은 하다마는
풀섭 바위 서리 빨간 딸기 패랭이꽃.
가다가 다가도 보며 휘휘한 줄 모르겠다.

묵은 기와 쪽이 발끝에 부딪히고,
성을 고인 돌은 검은 버섯 돋아나고,
성긋이 벌어진 틈엔 다람쥐나 넘나든다.

♠가람은 원래부터 국토를 순례하면서 많은 작품을 썼다. 이 시 역시 국토를 돌아보면서 쓴 시조 중의 한 편이다. 주제는 백제에 대한 회고의 정이다. 「가람시조집」(1947)에 수록되어 있다.

그리운 옛날 자취 물어도 알 이 없고
벌건 메 검은 바위 파란 물 하얀 모래,
맑고도 고운 그 모양 눈에 모여 어린다.

이 상(李箱)

오감도(烏瞰圖)

♠이상의 시는 대체적으로 난해시로 알려져 있다. 역사적인 현실 상황에 대한 절망감과 불안을 주제로 하고 있는 이 시는 우리나라 초현실주의 작품 중에서 손꼽히는 시이다. 우리는 이 시를 읽으며 매우 강한 풍자와 위트와 과장과 패러독스를 느낄 수 있다. 이상의 시에서 띄어쓰기를 무시한 것은 대체로 그가 모든 시형식을 부정하고 자아의식에 의해서만 시를 썼기 때문이다.

詩第一號
十三人의兒孩가道路로疾走하오.
(길은 막달은 골목이 적당하오.)

第一의 兒孩가무섭다고그리오.
第二의兒孩도무섭다고그리오.
第三의兒孩도무섭다고그리오.
第四의兒孩도무섭다고그리오.
第五의兒孩도무섭다고그리오.
第六의兒孩도무섭다고그리오.
第七의兒孩도무섭다고그리오.
第八의兒孩도무섭다고그리오.
第九의兒孩도무섭다고그리오.
第十의 兒孩도무섭다고그리오.

第十一의兒孩도무섭다고그리오.
第十二의兒孩도무섭다고그리오.
第十三의兒孩도무섭다고그리오.
十三人의兒孩는무서운兒孩와무서워하는兒孩와그렇게뿐이모였소.
(다른事情은 없는 것이 차라리 나았소.)

그中에一人의兒孩가무서운兒孩라도좋소.

그中에二人의兒孩가무서운兒孩라도좋소.
그中에二人의兒孩가무서워하는兒孩라도좋소.
그中에一人의兒孩가무서워하는兒孩라도좋소.

(길은 뚫린 골목이라도 適當하오.)
十三人의 兒孩가 道路로 疾走하지 아니하여도 좋소.

거 울

거울속에는소리가없소.
저렇게까지조용한세상은참없을것이오.

거울속에도내게귀가있소.
내말을못알아듣는딱한귀가두개있소.

거울속의나는왼손잡이요.
내악수를받을줄모르는악수를모르는왼손잡이요.
거울때문에나는거울속의나를만져보지못하는구료마는
거울아니었던들내가어찌거울속의나를만져보기만이라도했겠소.

나는지금거울을안가졌소마는거울속에는늘거울속의내가있소.
잘은모르지만외로된사업에골몰할께요.

거울속의나는참나와는반대요마는또닮았소.

♠이상 특유의 파괴적인 질서의식과 부정적인 개성이 이 시에서도 나타나고 있다. 거울을 통하여 심리적인 자의식을 그리고 있다.「가톨릭청년」(1934. 10)에 발표한 작품이다.

이상화(李相和)

말세의 희탄(欷歎)

저녁의 피묻은 동굴 속으로
아, 밑 없는 그 동굴 속으로
끝도 모르고
끝도 모르고
나는 거꾸러지련다.
나는 파묻히련다.

가을의 병든 미풍의 품에다
아, 꿈꾸는 미풍의 품에다
낮도 모르고
밤도 모르고
나는 술 취한 몸을 세우련다.
나는 속 아픈 웃음을 빚으련다.

♠제목이 주는 여감이 매우 재미가 있는 시이다. 백조파 동인의 작품은 모두가 다 감상적인 면이 강하다. 이 작품 역시 예외는 아니다 「백조」 (1922. 1) 창간호에 수록된 작품이다.

이중의 사망

죽음일다!
성낸 해가 이빨을 갈고
입술은 붉으락 푸르락 소리없이 훌쩍이며,
유린 받은 계집같이 검은 무릎에 곤두치고
죽음일다.

만종(晩鐘)의 소리에 마구를 그리워 우는
소—피란민의 마음으로 보금자리를 찾
는 새—다 검은 농무(濃霧) 속으로 매
장이 되고, 천지는

♠이 시는 일제하에서 고통받는 우리 민족의 답답한 울분을 토로한 자유시이다. 「백조」(1923. 9) 3호에 수록되어 있다.

침묵한 뭉텅이 구름과 같이 되다!

아, 길 잃은 어린 양아, 어디로가려느냐?
아, 어미 잃은 새 새끼야, 어디로 가려느냐?
비극의 서곡을 리프레인하듯
허공을 지나는 숨결을 말하더라.

아, 도적놈이 죽일 숨 쉬듯한 미풍에 부딪혀도
설움의 실패꾸리를 풂기 쉬운 나의 마음은
하늘 끝과 지평선이 어둔 비밀실에서 입맞추다.
죽은 듯한 그 벌판을 지나려 할 때 누가 알랴.

어여쁜 계집애 씹는 말과 같이
제 혼자 지줄대며 어둠에 끓는 여울은 다시 고요히
농무에 휩싸여 맥 풀린 내 눈에서 껄덕이다.
바람결을 안으려 나부끼는 거미줄같이
헛웃음 웃는 미친 계집의 머리털로 묶은
아, 이 내 신령의 낡은 거문고 줄은
청철(青鐵)의 옛 성문으로 닫힌 듯한 얼빠진 내 귀를 뚫고
울어 들다, 울어 들다. 울다는 다시 웃다—
악마가 야호(野虎)같이 춤추는 깊은 밤에
물방앗간의 풍차가 미친 듯 돌며
곰팡스런 성대로 목메인 노래를 하듯……!
저녁 바다의 끝도 없이 몽롱한 먼 길을

운명의 악지바른 손에 끄을려 나는방황해가
 는도다.
남풍(南風)에 돗대 꺾인 목선(木船)과같이
나는 방황해 가는도다.

아, 인생의 쓴 향연에 불림 받는 나는 젊은
 환몽(幻夢) 속에서
청상(青孀)의 마음과 같이 적막한빛의 음지
 에서
구차(柩車)를 따르며 장식(葬式)의 애곡(哀
 曲)을 듣고 호상객처럼——
털 빠지고 힘 없는 개의 목을 나도드리우고
나는 넘어지다——나는 거꾸러지다!

죽음일다!
부드럽게 뛰노는 나의 가슴이
주전 빈랑(牝狼)의 미친 발톱에 찢어지고
아우성치는 거친 어금니에 깨물려 죽음일
 다!

나의 침실로

마돈나! 지금은 밤도 모든 목거지에 다니
노라.
 피곤하여 돌아가련도다.
아, 너도 먼 동이 트기 전으로 수밀도의
네 가슴에 이슬이 맺도록 달려 오너라.

마돈나! 오려무나, 네 집에서 눈으로 유
전하던 진주는 다 두고 몸만 오너라.

♠이 시는 단순한 감상적인 서정시가 아니다. 긴 호흡으로줄기차게 엮어가는 시인의 설득은 매우 호소력이 있다.주제는 조국의 광복에 대한 기원이다. 이 시에서는 '침실'은 '조국의 땅'이며, '마돈나'는 '조국의 해방'이다. 그리고 '나'는 조국 광복에 대한 '기원'인 것이다. 낭만주의적인 관능미와 미지의 아름다운 세계에 대한 동

빨리 가자. 우리는 밝음이 오면 어딘지 모르게 숨는 두 별이어라.

마돈나! 구석지고도 어둔 마음의 거리에서 나는 두려워 떨며 기다리노라.
아, 어느 덧 첫닭이 울고——뭇 개가 짖도다. 나의 아씨여, 너도 듣느냐.

마돈나! 지난 밤이 새도록 내 손수 닦아 둔 침실로 가자, 침실로!
낡은 달은 빠지려는데, 내 귀가 듣는 발자국——
오. 너의 것이냐?

마돈나! 짧은 심지를 더우 잡고, 눈물도 없이 하소연하는 내 마음의 촛불을 봐라.
양털 같은 바람결에도 질식이 되어 얄푸른 연기로 꺼지려는도다.

마돈나! 오너라, 가자. 앞산 그리매가 도깨비 처럼 발도 없이 이곳 가까이 오도다.
아, 행여나 누가 볼는지——가슴이 뛰누나, 나의 아씨여, 너를 부른다.

마돈나! 날이 새련다. 빨리 오려므나. 사원의 쇠북이 우리를 비웃기 전에
네 손이 내 목을 안아라. 우리도 이 밤과 같이 오랜 나라로 가고 말자

마돈나! 뉘우침과 두려움의 외나무다리 건너

경의 표현으로 조국 광복을 애타게 기다리는 시인의 마음을 적나라하게 드러내놓고 있다. 「백조」(1923.9) 3호에발표한 이 작품은 상화(尚火)가 18세 때 쓴 것이다. 명실공히 이 상화의 대표 작으로 널리 알려진 시이다.

있는 내 침실, 열 이도 없으니!
아, 바람이 불도다. 그와 같이 가볍게 오려
므나 나의 아씨여, 네가 오느냐?

마돈나! 가엾어라. 나는 미치고 말았는가.
없는 소리를 내 귀가 들음은——
내 몸에 피란 피——가슴의 샘이 말라 버린
듯 마음과 몸이 타려는도다.

마돈나! 언젠들 안 갈 수 있으랴. 갈 테면 우
리가 가자, 끄을려 가지 말고!
너는 내 말을 믿는 마리아——내 침실의 부
활의 동굴임을 네가 알련만…….

마돈나! 밤이 주는 꿈, 우리가 얽는 꿈, 사람
이 안고 궁그는 목숨의 꿈이 다르지 않느
니,
아, 어린애 가슴처럼 세월 모르는 나의 침실
로 가자 아름답고 오랜 거기로.

마돈나! 별들의 웃음도 흐려지려 하고, 어둔
밤 물결도 잦아지려는도다.
아, 안개가 사라지기 전으로 네가 와야지. 나의
의 아씨여 너를 부른다.

빼앗긴 들에도 봄은 오는가

지금은 남의 땅——빼앗긴 들에도 봄은 오는
가?
나는 온몸에 햇살을 받고

♠〈나의 침실로〉와 더불어 이상화의 대표작이다. 나라를 잃은 울분과 빼앗긴 조국 산하에 봄이 오기를 기다리는 시인의

푸른 하늘 푸른 들이 맞붙은 곳으로
가르마 같은 논길을 따라 꿈 속을 가듯 걸어만 간다.
입술을 다문 하늘아 들아
내 맘에는 내 혼자 온 것 같지를 않구나.
네가 끌었느냐 누가 부르더냐.
답답워라 말을 해 다오
바람은 내 귀에 속삭이며,
한 자욱도 섰지 마라 옷자락을 흔들고
종달이는 울타리 너머 아가씨같이 구름 뒤에서 반갑다 웃네
고맙게 잘 자란 보리밭아
간밤 자정이 넘어 내리던 고운 비로
너는 삼단 같은 머리털을 감았구나. 내 머리조차 가쁜하다.
혼자라도 가쁘게 나가자.
마른 논을 안고 도는 착한 도랑이 젖먹이 달래는 노래를 하고 제 혼자 어깨춤만 추고 가네.
나비 제나비야 깝치지 마라, 맨드라미 들마꽃에도 인사를 해야지.
아주까리 기름을 바른 이가 지심 매던 그 들이라도 보고 싶다.

내 손에 호미를 쥐어 다오.
살찐 젖가슴과 같은 부드러운 이 흙을 발목이 시도록 밟아도 보고 좋은 땀조차 흘리고 싶다.
강가에 나온 아이와 같이
셈도 모르고 끝도 없이 닫는 내 혼아

마음을 주제로 하고 있다. 「개벽」(1926. 6)에 발표한 이 시는 일제에 항거하는 저항 민족시로서, 강한 리얼리즘의 민족주의 의식이 밑바탕에 깔려있다. 이 시로 인하여 「개벽」지가 일제에 의해 판매 금지를 당했다.

무엇을 찾느냐 어디로 가느냐 우서웁다 답을
하려무나
나는 온몸에 풋내를 띠고
푸른 웃음 푸른 설움이 어우러진 사이로
다리를 절며 하루를 걷는다. 아마도 봄 신명
이 집혔나 보다.
그러나 지금은 들을 빼앗겨 봄조차 빼앗기겠
네.

시인에게

한 편의 시 그것으로
새로운 세계 하나를 낳아야 할 줄 깨칠 그
때라야
시인아, 너의 존재가
비로소 우주에게 없지 못할 너로 알려질
것이다.
가뭄 든 논에는 청개구리의 울음이 있어야
하듯.

새 세계란 속에서도
마음과 몸이 갈려 사는 줄 풍류만 나와 보
아라.
시인아, 너의 목숨은
진저리나는 절름발이 노릇을 아직도 하는
것이다.
언제든지 일식된 해가 돋으면 뭣하며 진들
어떠랴.

시인아, 너의 영광은

♠「개벽」(1926. 4)에 발표한 시이다. 제목의 뉘앙스가 주는 것처럼 시인에게 던지는 주관적인 사상을 객관적인 표현으로 정리하고 있다. 시인은 왜 존재해야 하는가? 식민지라는 시대적인 상황 아래에서 과연 시인이 해야 할 일은 무엇인가? 조국 광복을 위해서는 기꺼이 불나비처럼 스스로 몸을 던져 희생할 수 있는 애국정신이 필요하다는 것을 주지시켜 주는 시이다.

미친 개 꼬리도 밟는 어린애의 짬 없는 그 마음이 되어
밤이라도 낮이라도
새 세계를 낳으려 손댄 자국이 시가 될 때에 있다.
촛불로 날아들어 죽어도 아름다운 나비를 보아라.

이육사 (李陸史)

청포도

내 고장 칠월은
청포도가 익어가는 시절.

이 마을 전설이 주절이주절이 열리고,
먼 데 하늘이 꿈 꾸며 알알이 들어와박혀,

하늘 밑 푸른 바다가 가슴을 열고,
흰 돛단배가 곱게 밀려서 오면,

내가 바라는 손님은 고달픈 몸으로
청포를 입고 찾아 온다고 했으니,

내 그를 맞아 이 포도를 따먹으면,
두 손은 함뿍 적셔도 좋으련.

아이야, 우리 식탁엔 은쟁반에
하이얀 모시 수건을 마련해 두렴.

♠이 시의 주제는 새로운 세계에로의 동경과 기다림, 그리고 민족의 해방에 대한 염원이다. 조국의 해방을 기대하는 시인의 간절한 민족의식이 상징적으로 표현된 이육사의 대표작이다. 이 시에서의 '내 고장'은 '조국 강산'으로 풀이할 수 있으며, '손님'은 '해방'을 비유한다고 볼 수 있다.

절 정

매운 계절의 채찍에 갈겨
마침내 북방으로 휩쓸려 오다.

하늘도 그만 지쳐 끝난 고원
시릿발 갈날진 그 위에서다

어디다 무릎을 끓어야 하나
한 발 재겨 디딜 곳 조차 없다.

이러매 눈 감아 생각해 볼 밖에
겨울은 강철로 된 무지갠가 보다.

♠이 시에서 육사는 일제의 식민지 치하에서 고통받는 우리 민족의 현실을 노래하고 있다. 「문장」(1940. 1)에 발표된 작품이다.

광 야

까마득한 날에
하늘이 처음 열리고
어디 닭 우는 소리 들렸으랴.

모든 산맥들이
바다를 연모해 휘날릴 때도
차마 이곳을 범하던 못 하였으리라.

끊임없는 광음을
부지런한 계절이 피어선 지고
큰 강물이 비로소 길을 열었다.

지금 눈 내리고
매화 향기 홀로 아득하니,

♠호방하고 대륙적인 품격을 지닌 애국시이다. 폐허가 된 광야에 서서 잃어버린 조국을 목메어 부르는 시인의 기다림은 우리 민족의 간절한 꿈이다. 「육사시집」(1946)에 수록되어 있다.

내 여기 가난한 노래의 씨를 뿌려라.

다시 천고의 뒤에
백마 타고 오는 초인이 있어
이 광야에서 목놓아 부르게 하리라.

황 혼

내 골방의 커어틴을 걷고
정성된 마음으로 황혼을 맞아들이노니
바다의 흰 갈매기들 같이도
인간은 얼마나 외로운 것이냐.

황혼아 내 부드러운 손을 힘껏 내밀라
내 뜨거운 입술을 맘대로 맞추어 보련다.
그리고 네 품안에 안긴 모든 것에게
나의 입술을 보내게 해 다오.

저――십이월 성좌의 반짝이는 별들에게
도
종소리 저문 산림 속 그윽한 수녀들에게도
시멘트 장판 위 그 많은 수인들에게도
의지가지 없는 그들의 심장이 얼마나 떨고
있는가.

고비사막을 걸어가는 낙타 탄 행상에게나
아프리카 녹음 속 활 쏘는 토인들에게 라
도
황혼아, 네 부드러운 품안에 안기는 동안

♠이 시에서의 황혼은 곧 남에게 빼앗긴 조국의 어둠이다. 남을 위해 노력하고 조국과 민족과 인류를 위한 사랑을 가지고 헌신하는 시인의 마음이 잘 나타나 있는 작품이다. 따라서 이 시의 주제는 조국애, 민족애, 인류애 등이다.

이라도
지구의 반쪽만을 나의 타는 입술에 맡겨다
오.

내 오월의 골방이 아득도 하니
황혼아 내일도 또 저——푸른 커어틴을걷
게 하겠지
암암히 사라지긴 시냇물 소리 같아서
한번 식어지면 다시는 돌아올 줄 모르나 보
다.

자야곡(子夜曲)

수만 호 빛이라야 할 내 고향이언만
노랑나비도 오잖는 무덤 위에 이끼만푸르러
라.

슬픔도 자랑도 집어 삼키는 검은 꿈
파이프엔 조용히 타오르는 꽃불도 향기론데

연기는 돛대처럼 내려 항구에 돌고
옛날의 들창마다 눈동자엔 짜운 소금이 절여

바람 불고 눈보라 치잖으면 못 살리라
매운 술을 마셔 돌아가는 그림자 발자취 소
리

숨 막힐 마음 속에 어디 강물이 흐르느뇨
달은 강을 따르고 나는 차디찬 강 맘에 드리
노라.

♠고향에 대한 향수와 추억에 대한 정한을 노래함으로써 황폐해진 조국의 암울한 현실을 그려내고 있는 작품이다.

수만 호 빛이라야 할 내 고향이언만
노랑나비도 오잖는 무덤 위에 이끼만푸르러
라.

연 보(年譜)

"너는 돌다릿목에서 줘 왔다"던
할머니의 핀잔이 참이라고 하자.

나는 진정 강언덕 그 마을에
벌어진 문받이였는지 몰라.

그러기에 열 여덟 세 봄을
버들피리 곡조에 불어 보내고

첫사랑이 흘러 간 항구의 밤
눈물 섞어 마신 술 피보다 달더라.

공명이 마디곤들 언제 말이나 했나
바람에 붙여 돌아온 고장도 비고

서리 밟고 걸어간 새벽 길 위에
간(肝) 잎만이 새하얗게 단풍이 들어

거미줄만 발목에 걸린다 해도
쇠사슬을 잡아맨 듯 무거워졌다.

눈 위에 걸어 가면 자욱이 지리라.
때로는 설레이며 바람도 불지.

♠과거의 방랑을 회상한 시이다. 민족의 해방을 위하여 끝내 목숨을 바친 육사의 젊은 날의 자화상이라고 할 수 있는작품이다.

이은상(李殷相)

금강 귀로(金剛歸路)

금강이 무엇이뇨 돌이요 물이로다
돌이요 물일러니 안개요 구름이라
안개요 구름이어니 있고 없고 하더라

금강이 어드메뇨 동해의 가이로다
갈제는 거길러니 올 제는 흉중에 있네
라라라(囉囉囉) 이대로 지켜 함께 늙자
하노라

♠금강산을 돌아본 시인이 귀로에 그 감상을 절묘하게 읊은 시이다. 아름다운 강산의 이미지가 함축된 연시조이다.

오륙도

오륙도 다섯 섬이 다시 보면 여섯 섬이
흐리면 한두 섬이 맑으신 날 오륙도라
흐리락 맑으락 하매 몇 섬인 줄 몰라라.

취하여 바라보면 열 섬이 스무 섬이
안개나 자욱하면 아득한 빈 바다라
오늘은 비 속에 보매 더더구나 몰라라.

그 옛날 어느 분도 저 섬을 헤다 못해
헤던 손 내리고서 오륙도라 이르던가
돌아가 나도 그대로 어렴풋이 전하리라.

♠노산의 대표작 중의 한 편으로 재치가 뛰어난 작품이다. 「조광」(1936)에 수록되어 있다.

단풍 한 잎

단풍 한 잎사귀 손에 얼른 받으오니

♠여행을 다녀온 벗으로부터

그대로 내 눈 앞에 서리치는 풍악산을
잠긴 양 마음이 뜬 줄 너로 하여 알겠구나.

새 빨간 이 한 잎을 자세히 바라보매
풍림(楓林)에 불 태우고 넘는 석양같이 뵈네
가을 밤 궂은 비소리도 귀에 아니 들리는가.

여기가 오실 덴가 바람이 지옵거든
진주담 맑은 물에 떠서 흘러 흐르다가
그 산중 밀리는 냇가에서 고이 살아 지올 것을.

단풍 한 잎을 선물받은 시인이 그 단풍잎을 가장 아끼는 금강 시존 책 속에 넣어두고 간직하면서 한 수의 노래로 벗에게 답례한 작품이 바로 이 시이다. 「동아일보」(1932) 에 발표된 작품이다.

심산 풍경

도토리, 서리나무 썩고 마른 고목 등걸,
천 년 비바람에 뼈만 앙상 남았어도,
역사는 내가 아느니라 교만스레 누웠다.

풋나기 어린 나무 저라서 우줄대도
숨기신 깊은 뜻이야 나 아니고 누가 알랴.
다람쥐 줄을 태우며 교만스레 누웠다.

♠자연을 보고 달관한 시인이 자연의 신비성을 노래한 작품이다. 한라산에서 바라보는 고목등걸을 소재로하여 지은 연시조이다.「노산시조집」(1937) 에 수록되어 있다.

성불사의 밤

성불사 깊은 밤에 그윽한 풍경 소리
주승은 잠이 들고 홀로 듣는구나
저 손아 마저 잠들어 혼자 울게 하여라.

뎅그렁 울릴 제면 더 울릴까 맘 졸이고
끊일 젠 또 들릴까 소리나기 기다려져
새도록 풍경 소리 데리고 잠 못 이뤄 하노라.

♠성불사는 황해도 해주군 정방산에 있는 절이다. 시인은 이 절에서 깊은 밤에 고독감을 느낀 나머지 한 수의 시를 읊어 그 시름을 달래고자 하였다. 「신인문학」(1935. 1) 2권 1호에 발표한 작품이다.

너라고 불러보는 조국아

너라고 불러보는 조국아
너는 지금 어디 있나
누더기 한 폭 걸치고
토막(土幕) 속에 누워 있나
네 소원 이룰 길 없어
네 거리를 헤매나.

오늘 아침도 수없이 떠나가는 봇짐들
어디론지 살 길을 찾아 헤매는무리들일랑
그 속에 너도 섞여서
앞선 마루를 넘어갔다.

너라고 불러보는 조국아
낙조보다도 더 쓸쓸한 조국아

긴긴 밤 가얏고 소리마냥
가슴을 파고드는 네 이름아
새 봄날 도리화(桃李花)같이
활짝 한번 피워 주렴.

♠이 시는 남의 나라에 짓밟힌 조국에 대한 슬픔과 광복에 대한 염원을 주제로 하고 있다. 일제 식민치하의 비참한 조국의 모습이 잘 드러나 있는 애국시이다. 「노산문선」(1958)에 수록되어 있다.

가고파

——내 마음 가 있는 그 벗에게

내 고향 남쪽 바다 그 파란 물이 눈에 보이네
꿈엔들 잊으리오 그 잔잔한 고향 바다
지금도 그 물새들 날으리 가고파라 가고파.

♠이 시는 노산의 대표작 중의 한 편이다. 시에서의 '내 고향 남쪽 바다'는 시인의 고향인 마산을 뜻하지만, 그러나 이시의 전체적인 맥락으로 볼 때 단순한 향수의 노래로만 생각할 수

어린 제 같이 놀던 그 동무들 그리워라.
어디 간들 잊으리오 그 뛰놀던 고향 동무
오늘은 다 무얼 하는고 보고파라 보고파.

그 물새 그 동무들 고향에 다 있는데
나는 왜 어이타가 떠나 살게 되었는고
온갖 것 다 뿌리치고 돌아갈까 돌아가.

가서 한데 얼려 옛날같이 살고지라
내 마음 색동옷 입혀 웃고 지내고저
그 날 그 눈물 없던 때를 찾아가자 찾아가.

물 나면 모래판에서 가재 거이랑 달음질하
고
물 들면 뱃장에 누워 별 헤다 잠들었지
세상 일 모르던 날이 그리워라 그리워.

여기 물어 보고 저기 가 알아 보나
내 몫엔 즐거움은 아무데도 없는 것을
두고 온 내 보금자리에 가 안기자 가 안겨.

처자들 어미 되고 동자들 아비 된 사이
인생의 가는 길이 나뉘어 이렇구나
잃어진 내 기쁨의 길이 아까와라 아까와.

일하여 시름 없고 단잠들어 죄 없는 몸이
그 바다 물소리를 밤낮에 듣는구나
벗들아 너희는 복된 자다 부러워라 부러워.

옛 동무 노젓는 배에 얻어 올라 치를 잡고

는 없다. 일제의 암흑기에서 바라본 우리 민족의 어두운 생활은 참으로 안타까운 수난사였다. 시인은 이러한 비극적인 현실을 보고 이상향을 생각한 것이다. 그리하여 그는 우리 민족 모두가 가고파하는 이상세계(내 고향 남쪽바다)를 노래한 것이다.「동아일보」(1932. 1. 8.)에 발표된 작품이며, 김동진 작곡으로 더욱 널리 알려진 노래이다.

한바다 물을 따라 나명들명 살까이나
맞잡고 그물 던지던 노래하자 노래해

거기 아침은 오고 거기 석양은 져도
찬 얼음 센 바람은 들지 못하는 그 나라로
돌아가 알몸으로 살꺼이나 깨끗이도 깨끗이.

이장희(李章熙)

봄철의 바다

저기 고요히 멈춘
기선의 굴뚝에서
가늘은 연기가 흐른다.

엷은 구름과
낮겨운 햇볕은
자장가처럼 정다웁구나.

실바람 물살지우는 바다 위로
나직하게 VO——우는
기적의 소리가 들린다.

바다를 향하여 기울어진 풀두렁에서
어느 덧 나는
휘바람 불기에도 피로하였다.

♠봄이라는 계절이 주는 권태감을 주제로 한 시이다. 회화적인 기법을 동원한 감각시이다.

하일 소경(夏日小景)

운모같이 빛나는 서늘한 테이블

♠제목이 주는 이미지와 마찬

부드러운 얼음 설탕 우유
피보다 무르녹은 딸기를 담은 유리잔
얇은 옷을 입은 저윽히 고달픈 새악씨는

기름한 속눈썹을 깔아 맞히며
가냘픈 손에 들은 은사시로
유리잔의 살찐 딸기를 부스노라면
담홍색의 청량제가 꽃물같이 흔들린다.

은사시에 옮기인 꽃물은
새악씨의 고요한 입술을 앵도보다 곱게도
물들인다.
새악씨는 달콤한 꿀을 마시는 듯
그 얼굴은 푸른 잎사귀같이 빛나고

콧마루의 수은 같은 땀은 벌써 사라졌다.
그것은 밝은 하늘을 비친 작은 못 가운데
서
거울같이 피어난 연꽃의 이슬을
헤엄치는 백조가 삼키는 듯하다.

가지로 한 폭의 그림을 감상하듯 회화적으로 쓰여진 감각시이다. 이 시에서의 '꽃물'은 물을 타지 않은 순수한 국물을 의미한다. '은사시'는 은(銀)으로 만든 스푼이다.

봄은 고양이로다

꽃가루와 같이 부드러운 고양이의 털에
고운 봄의 향기가 어리우도다.

금방울과 같이 호동그란 고양이의 눈에
미친 봄의 불길이 흐르도다.

고요히 다물은 고양이의 입술에

♠고양이를 통하여 봄을 느끼는 감각을 노래하고 있는 이시는 우리나라 최초의 감각시로 높게 평가되고 있다. 「금성」(1924.3) 3호에 발표된 작품이다.

포근한 봄 졸음이 떠돌아라.

날카롭게 쭉 뻗은 고양이의 수염에
푸른 봄의 생기가 뛰놀아라.

고양이의 꿈

시내 위에 돌다리
다리 아래 버드나무
봄 안개 내리인 시냇가에 푸른 고양이
곱다랗게 단장하고 빗겨 있오 울고 있오.
기름진 꼬리를 쳐들고
밝은 애달픈 노래를 부르지요.
푸른 고양이는 물오른 버드나무에 스르를
　올라가
버들가지를 안고 버들가지를 흔들며
또 목놓아 웁니다노래를 부릅니다.

멀리서 검은 그림자가 움직이고
칼날이 은같이 번쩍이더니
푸른 고양이도 볼 수 없고
꽃다운 소리도 들을 수 없고
그저 쓸쓸한 모래 위에 선혈이 흘러 있소.

♠꿈에 본 고양이를 나타낸 시이다. 다분히 병적이며 퇴폐적인 요소가 들어있는 작품이다.

청천(青天)의 유방

어머니 어머니라고
어린 마음으로 가만히 부르고 싶은
푸른 하늘에

♠이 시는 이장희의 대표작 중의 한 편이다. 냉정한 수법으로 단순한 감상적 낭만주의를 초월하여 모더니스트적인 작품

따스한 봄이 흐르고
또 흰 별을 놓으며
불룩한 유방이 달려 있어
이슬 맺힌 포도 송이보다 더 아름다와라.

탐스러운 유방을 볼지어다.
아아 유방으로서 달큼한 젖이 방울지려 하누나
이때야말로 애구(哀求)의 정이 눈물 겨웁고
주린 식욕이 입을 벌리도다
이 무심한 식욕
이 복스러운 유방……
쓸쓸한 심령이여 쏜살같이 날라지어다.
푸른 하늘에 날라지어다.

을 쓴 고월의 시를 대변하는 작품이기도 하다. 「여명」(1959 9) 2호에 수록되었다.

쓸쓸한 시절

어느덧 가을은 깊어
들이든 뫼이든 숲이든
모두 파리해 있다.

언덕 위에 우뚝히 서서
개가 짖는다.
날카롭게 짖는다.

비―ㄴ 들에
마른 잎 태우는 연기
가늘게 가늘게 떠오른다.

그대여

♠가을은 애상의 계절이다. 모든 삼라만상이 여름의 풍요를 결실로 이끌어 긴 동면을 준비하는 계절이 바로 가을이다. 푸른 빛의 들판이 이제는 퇴색한 빛으로 변하고 천지가 고요히 명상하는 계절인 것이다. 이러한 가을의 애상적인 감흥을 표현한 작품이 바로 이 시이다. 제목이 주는 이미지대로 내용 역시 감상적이다.

우리들 머리 숙이고
고요히 생각할 그 때가 왔다.

이하윤(李河潤)

물레방아

끝없이 돌아가는 물레방아 바퀴에
한 잎씩 한 잎씩 이 내 추억을 걸면
물 속에 잠겼다 나왔다 돌 때
한없는 뭇 기억이 잎잎이 나붙네

바퀴는 돌고 돌며 소리치는데
마음 속은 지나간 옛날을 찾아가
눈물과 한숨만을 자아내 주노니
....

나이 많은 방아지기 하얀 머리에
힘없는 시선은 무엇을 찾는지——
확 속이다! 공잇소리, 찧을 적마다
강물은 쉬지 않고 흘러 내리네.

♠물레방아를 통하여 지난 추억을 되살려내는 시인의 정한이 잘 나타나 있는 시이다. 「시문학」(1930.3)에 발표된 작품으로, 주제는 옛추억의 허무이다.

들국화

나는 들에 핀 국화를 사랑합니다.
빛과 향기 어느 것이 못하지 않으나
넓은 들에 가엾게 피고 지는 꽃일래
나는 그 꽃을 무한히 사랑합니다.

♠순수한 진실의 아름다움을 사랑하는 시인의 마음을 읊은 시이다. 들국화는 순수하고 자유롭다. 들국화는 또한 청초하고 지조로운 꽃이다. 이러한 들

나는 이 땅의 시인을 사랑합니다.
외로우나 마음대로 피고 지는 꽃처럼
빛과 향기 조금도 거짓 없길래
나는 그들이 읊은 시를 사랑합니다.

국화를 보고 시인은 진실의 아름다움을 발견하는 것이다.

이한직(李漢稷)

풍 장(風葬)

사구(砂丘) 위에서는
호궁(胡弓)을 뜯는
님프의 동화가 그립다.

계절풍이여
카라반의 방울소리를
실어다 다오.

장송보(葬送譜)도 없이
나는 사구 위에서
풍장(風葬)이 되는구나.

날마다 날마다
나는 한 개의 실루엣으로
괴로이 있다.

깨어진 오르갠이
묘연(杳然)한 요람(搖籃)의 노래를
부른다, 귀의 탓인지

♠제목부터가 매우 이색적인 작품이다. 감정의 이입보다는 어휘의 구사력을 통하여 시에 대한 흥미감을 부여해주고 있다.

장송보도 없이
나는 사구 위에서
풍장이 되는구나.

그립은 사람아.

동양의 산

비쩍 마른 어깨가
항의하는 양 날카로운 것은
고발 않고는 못 참는
애달픈 천품을 타고난 까닭일게다.
격한 분화의 기억을 지녔다.
그 때는 어린 대로 심히 노해 볼 수도 있었기
때문이다.

식물은 해마다 헛되이 뿌리를 박았으나
끝내 삼림은 이루지 못하였다.
지나치게 처참함을 겪고나면
오히려 이렇게도 마음 고요해지는 것일까.
이제는 고집하여야 할 아무 주장도 없다.

지금 산기슭에 바주카포가 진동하고
공산주의자들이 낯설은 외국말로 함성을 올린다.
그리고 실로 믿을 수 없을 만큼 손쉽게
쓰러져 죽은 선의의 사람들.

아, 그러나 그 무엇이 나의 이 고요함을
깨뜨릴 수 있으리오.

♠전쟁의 허무와 삶에 대한 집념을 노래한 시이다. 시인은 동양의 산을 통하여 전쟁의 체험 속에서 굳어진 자신의 절망과 슬픔을 보고 있다.

눈을 꼭 감은 채
나의 표정은 그대로 얼어 붙었나 보다.
미소마저 잊어버린
나는 동양의 산이다.

이호우(李鎬雨)

낙 엽

임가신
저문 뜰에
아껴 듣는 푸른 꿈들

잎잎이
한을 얽어
이 밤 한결 차거우니

쫓기듯
떠난 이들의
엷은 옷이 두렵네.

♠낙엽을 보고 슬픔을 느끼는 시인의 마음은 새로운 애조의 정한으로 조용히 표상화 된다. 언어 구사력이 뛰어난 작품이다.

산길에서

진달래 사태진 골에
돌 돌 돌 물 흐르는 소리.

제법 귀를 쫑긋
듣고 섰던 노루란 놈,

♠진달래가 흐드러지게 핀 산길을 걸으며 봄의 정취를 노래한 시이다. 시 전편에서 작동하는 생명감이 충만하다.

열적게 껑청 뛰달아
봄이 깜짝 놀란다.

초 원(草原)

상긋 풀 내음새
이슬에 젖은 초원.

종달새 노래 위로
흰구름 지나가고,

그 위엔 푸른 하늘이
높이 높이 열렸다.

♠초원의 아름다운 모습을 시로 승화시킨 작품이다.

달 밤

낙동강 빈 나루에 달빛이 푸릅니다.
무엔지 그리운 밤 지향없이 가고파서
흐르는 금빛 노을에 배를 맡겨 봅니다.

낯익은 풍경이되 달 아래 고쳐 보니
돌아올 기약 없는 먼 길이나 떠나온 듯
뒤지는 들과 산들이 돌아돌아 뵙니다.

아득한 그림 속에 정화된 초가집들
할머니 조웅전(趙雄傳)에 잠들던 그날 밤도
할버진 율(律) 지으시고 달이 밝았더이다.

♠4수 1편으로 된 연시조이다. 달밤에 체험하는 정한을 아름답게 묘사한 작품이다.

미움도 더러움도 아름다운 사랑으로
온 세상 쉬는 숨결 한 갈래로 맑습니다.
차라리 외로울망정 이 밤 더디 새소서.

모 강(暮江)

♠저녁 무렵에 강을 보면서 그 아름다운 운치를 노래한 시조이다.

낙조 타는 강을
배 한 척
흘러가고

먼 마을
저녁 연기
대숲에 어렸는데

푸른 산
떨어진 머리
백로 외로 서 있다.

개 화(開花)

♠개화(開花)에 대한 환희가 잘 나타난 시이다. 시조의 탈을 벗어나서 자유시 형식을 취하므로서 참신한 느낌을 주고 있다.

꽃이 피네, 한 잎 한 잎.
한 하늘이 열리고 있네.

마침내 남은 한 잎이
마지막 떨고 있는 고비.

바람도 햇볕도 숨을 죽이네.
나도 가만 눈을 감네.

살구꽃 핀 마을

살구꽃 핀 마을은 어디나 고향 같다.
만나는 사람마다 등이라도 치고 지고.
뉘 집을 들어서면은 반겨 아니 맞으리.

바람 없는 밤을 꽃 그늘에 달이 오면,
술 익은 초당(草堂)마다 정이 더욱 익으리니,
나그네 저무는 날에도 마음 아니 바빠라.

♠살구꽃 피는 마을에 넘쳐흐르는 인정미를 예찬한 시조이다. 그윽하고 평온한 시골의 정취가 물씬 풍겨나는 작품이다.

장만영(張萬榮)

사 랑

서울 어느 뒷골목
번지 없는 주소엔들 어떠랴.
조그만 방이나 하나 얻고
순아, 우리 단 둘이 사자.

숨박꼭질하던
어릴 적 그 때와 같이
아무도 모르게
꼬옹 꽁 숨어 산들 어떠랴,
순아, 우리 단 둘이 사자.

단 한 사람
찾아 주는 이 없은들 어떠랴.
낮에는 햇빛이
밤에는 달빛이

♠이 시의 주제는 소박한 행복을 추구하는 애정생활이다.「신천지」(1950. 1)에 발표된 작품이다.

가난한 우리 들창을 비춰 줄게다.
순아, 우리 단 둘이 사자.

깊은 산 바위 틈
둥지 속의 산비둘기처럼
나는 너를 믿고
너는 나를 믿지하며   의
순아, 우리 단 둘이 사자.

달·포도·잎사귀

순이 벌레 우는 고풍(古風)한 뜰에
달빛이 호수처럼 밀려 왔고나.

달은 나의 뜰에 고요히 앉았다.
달은 과일보다 향그럽다.

동해 바다 물처럼
푸른
가을
밤

포도는 달빛이 스며 고웁다.
포도는 달빛을 머금고 익는다.

순이 포도넝쿨 밑에 어린 잎새들이
달빛에 젖어 호젓하구나.

♠달밝은 가을 밤의 풍치를 주제로 하고 있는 이 시는 감각미와 회화적인 색채가 풍부한 장만영의 대표작이다. 「시건설」(1936. 12)에 수록되어 있다.

비

순이 뒷산에 두견이 노래하는 사월달이면
비는 새파아란 잔디를 밟으며 온다.

비는 눈이 수정처럼 맑다.
비는 하이얀 진주목걸이를 자랑한다.

비는 수양버들 그늘에서
한종일 은빛 레이스를 짜고 있다.

비는 대낮에도 나를 키스한다.
비는 입술이 함씬 딸기물에 젖었다.

비는 고요한 노래를 불러
벚꽃 향기 풍기는 황혼을 데려온다.

비는 어디서 자는지를 말하지 않는다.
순이 우리가 촛불을 밝히고 마주 앉을 때

비는 밤 깊도록 창 밖에서 종알거리다가
이슥고 아침이면 어디론지 가고 보이지 않는다.

♠봄비를 통하여 본 청순한 사랑의 이미지를 노래하고 있는 시이다. 비를 의인화하고, 가장 순수한 한국적인 소녀의 이름인 순이를 등장시켜 슬픔이 아닌 기쁨과 환희를 서정적으로 나타내고 있다.

비의 image

병든 하늘이 찬비를 뿌려……
장미 가지 부러지고
가슴에 그리던
아름다운 무지개마저 사라졌다.

♠시인은 이 시 속에서 이별과 죽음을 노래하고 있다. 어둡고 퇴폐적이고 비관적인 슬픔을 주관적인 감상으로 처리하여 승화시키고 있다. 「조광」(1940.

나의 '소년'은 어디로 갔느뇨, 비애를 지닌채로 2) 25호에 발표된 작품이다.

이 오늘 밤은
창을 치는 빗소리가
나의 동해(童骸)를 넣은 검은 관에
못을 박는 쇠마치 소리로
그렇게 자꾸 들린다……

마음아 너는 상복을 입고
쓸쓸히, 진정 쓸쓸히 누워 있을
그 어느 바닷가의 무덤이나 찾아 가렴.

소쩍새

소쩍새들이 운다.
소쩍소쩍 솥이 작다고
뒷산에서도
앞산에서도
소쩍새들이 울고 있다.

소쩍새가 저렇게 많이 나오는 해는
풍년이 든다고
어머니가 나에게 일러 주시는 그 사이에도
소쩍소쩍 솥이 작다고
소쩍새들은 목이 닳도록 울어 댄다.

밤이 깊도록 울어 댄다.
아아, 마을은
소쩍새 투성이다.

♠소쩍새를 통하여 우리 겨레의 한과 슬픔을 노래하고 있는 이 시는 한국적인 애조가 뛰어난 작품이다. 전설적인 이야기를 소쩍새 울음 소리로 비유하여 동요풍으로 쓴 시이다.

온 실

♠이 시는 현대 가정 생활의 행복을 주제로 하고 있다. 장만영의 대표작 중의 한 편으로, 「한국시선」(1968. 10. 1)에 실려있다.

유리로 지은 집입니다.
창들이 하늘로 열린 집입니다.
집은 연못가 딸기밭 속에 있읍니다.
거기엔 꽃의 가족들이 살고 있읍니다.

지평선 너머로 해가 기울고
밤이 저 들을 건너 올 때면
집 안에서는 빨간 등불이 커지고
꽃들이 모여 앉아 저녁 식사를 합니다.

자, 이리로 오시오.
좋은 음식 냄새가 풍기지요?
꽃들이 지금 저녁 식사를 하고 있읍니다.
저, 접시에 부딪치는 포오크며 나이프 소리가…
저 무슨 술 냄새 같은 것이 나지요?

이리로 좀더 가까이 와 보시오.
보기에도 부럽게 즐거운 가족들입니다.
그리고 저 의상이 어쩌면 저렇게 곱습니까?
식사가 끝나면 으레 꽃들은 춤을 춥니다.

조금만 여기에서 기다려 주십시오.
이윽고 우리는 아름다운 음악을 들으며
이 세상에서 보기 드문 호화로운 춤을 구경할
　것입니다.

장서언(張瑞彦)

이발사의 봄

봄의 요정들이
단발하러 옵니다.

자주공단 옷을 입은 고양이는 졸고 있는데
유리창으로 스며드는 프리즘의 채색은
면사(面紗)인 양 덮어 줍니다.

늙은 난로는 가맣게 묵은 담뱃불을 빨며
힘없이 쓰러졌읍니다.

어항 속에 금붕어는
용궁으로 고향으로
꿈을 따르고

젊은 이발사는 벌판에 서서
구름 같은 풀을 가위질할 때

소리 없는 너의 노래 끊이지 마라.
벽화 속에 졸고 있는 종달이여.

♠이 시에서의 이발사는 농부를 뜻한다. 주제는 새봄을 맞는 농부의 기쁨이다. 모더니즘 계열에 속하는 감각시이며,「동광」(1930)에 발표한 작품이다.

고화병(古花瓶)

고자기(古磁器) 항아리
눈물처럼 구부러진 어깨에
두 팔이 없다.

파랗게 얼었다.

♠이 시는 옛꽃병의 운치를 노래하고 있다. 무생물인 꽃병에 이미지를 부여하여 의인화시킨 점이 시를 성공시키고 있다.「가톨릭 청년」(1934. 2)에 발표된 작품이다.

늙은 간호부처럼
고적한 항아리.

우둔한 입술로
계절에 어그러진 풀을 담북 물고, 그 속엔
하늘빛을 잊은 한 오합(五合) 남는 물이
푸른 산골을 꿈꾸고 있다.

떨어진 화판(花瓣)과 함께 깔린 푸른 황혼의
  그림자가
거북 타신 모양을 하고
창 넘어 터덜터덜 물러갈 때,
다시 한번 내뿜는
담담한 향기.

밤

바람 불어 거스러진
샛대 지붕은
고요한 달밤에
박 하나 낳았다.

♠시골의 가을 풍경을 노래한 시이다. 불과 4행 밖에 안되는 짧은 시이지만 소박한 시골의 운치가 물씬 풍기는 수작이다. 초가지붕 위에 소담스레 달린 박덩이를 눈으로 본듯 섬세하게 그려주고 있다.

여인상(女人像)

휜치마 도사리고 앉았으니
헐일 없는 하이얀 항아리.

하이얀 목아지에 올몽졸몽 달린 耳·目·口·鼻

♠백자항아리를 보고 거기서 전통적인 여인상을 일구어내고 있다. 시인은 항아리를 여인으로 둔갑시켜 함께 술을 마시며 즐거운 시간을 보내고 있다. 「한국시선」(1968. 10. 1)

는 에 수록된 작품이다.

헐일 없이 항아리에 꽂힌 한송이 장미.

너의 손으로 따라 주는 술잔 내 손으로 받아
마시누나
나의 손도 흙으로 빚어진 손이야.

아름다운 사람아
너의 얼굴에서 사라지누나.
耳·目·口·鼻가 별똥처럼
휘익 사라지누나

노래마자 사라지면
너의 얼굴은 하이얀 이빨만 앙상한 해골.

너는 화장(火葬)이 좋다고 후둘어지게 웃고
나는 매장(埋葬)이 좋다고 후둘어지게 웃고

아무렴, 슬픔이사 내일이지
아름다운 사람아 나와 함께 오늘을 살자.

우리 대신 살아줄 사람 하나도 없어
우리 무척 즐겁구나.

흰 치마 도사리고 앉았으니
헐일 없는 하이얀 항아리.

정인보(鄭寅普)

조 춘(早春)

그럴싸 그러한지 솔빛 벌써 더 푸르다.
산골에 남은 눈이 다산 듯이 보이고녀.
토담집 고치는 소리 볕발 아래 들려라.

나는 듯 숨은 소리 못 듣는다 없을 쏜가.
돋으려 터지려고 곳곳마다 움직이리.
나비야 하마 알련만 날기 어이 더딘고.

이른 봄 고운 자취 어디 아니 미치리까?
내 생각 엉기올 젠 가던 구름 머무나니,
든 붓대 무능ㅎ다 말고 헤쳐 본들 어떠리.

♠땅 속과 땅 위, 그리고 하늘을 각각 노래한 이 시의 주제는 봄에 대한 기쁨이다. 만물이 생동하는 봄에 천지를 바라보는 시인의 눈에는 모든 것이활기에 차 있고 생명감이 감돈다. 이러한 봄기운을 연시조에 담아 나타낸 것이 이 작품이다.

근화사 삼첩

신시(神市)로 내린 우로(雨露) 꽃점진들 없을쏘냐?
왕검성 첫 봄빛에 피라시니 무궁화를
지금도 너곧 대하면 그제런 듯하여라.

저 메는 높고 높고 저 가람은 예고 예고,
피고 또 피오시니 번으로써 세오리까?
천만 년 무궁한 빛을 길이 뵐까 하노라.

담우숙 유한(幽閑)ㅎ고나, 모여 핀 양 의초롭다.
태평연월이 둥두렷이 돋아올 제,
옛 향기 일시에 도니 강산 화려하여라.

♠이 시의 주제는 조국과 민족의 앞날에 대한 축원이다. 원래는 배화 여학교 반화사(班花詞) 8수 중의 하나로 1927년도에 쓰여진 작품이다. 「담원시조집」(1948)에 수록되어 있으며, 정인보의 대표작 중의 한 편으로 꼽히고 있다.

정 훈(丁薰)

동 백

백설이 눈부신
하늘 한 모서리

다홍으로 불
불이 붙는다.

차가울사록
사모치는 정화(情火)

그 뉘를 사모하기에
이 깊은 겨울에 애태워 피는가.

♠동백꽃의 정열을 주제로 한 시이다. 「자유문학」(1959. 3)에 발표된 작품으로, 동백꽃을 하나의 정열에 비유하여 시각적인 이미지로 살려내고 있다.

머얼리

깊은 산허리에
자그만 집을 짓자.

텃밭엘랑
파
고추
둘레에는 돔부도 심자.

박꽃이
희게 핀 황혼이면
먼 구름을 바라보자.

♠문명의 이기(利器)로 침식된 도회지를 떠나 한가롭게 살고자 하는 시인의 꿈을 노래한 작품이다.

조병화(趙炳華)

소 라

바다엔 소라
저만이 외롭답니다.

허무한 희망에 몹시도 쓸쓸해지면
소라는 슬며시 물 속을 그린답니다.

해와 달이 지나갈수록
소라의 꿈도 바닷물도 굳어간답니다.

큰 바다 기슭엔
온종일 소라
저만이 외롭답니다.

♠외로운 꿈을 노래한 시이다. 시집 「버리고 싶은 유산」(1949)에 수록되어 있다.

추 억

잊어버리자고
바다 기슭을 걸어보던 날이
하루
이틀
사흘.

여름 가고
가을 가고
조개 줍는 해녀의 무리 사라진 이 겨울 바다에

♠잊혀지지 않는 추억을 노래한 작품이다.

잊어버리자고
바다 기슭을 걸어 가는 날이
하루
이틀
사흘.

의 자

지금 어디메쯤
아침을 몰고 오는 분이 계시옵니다.
그분을 위하여
묵은 의자를 비워 드리지요.

지금 어드메쯤
아침을 몰고 오는 어린 분이 계시옵니다.
그분을 위하여
묵은 의자를 비워 드리겠어요

먼 옛날 어느 분이
내게 물려 주듯이

지금 어드메쯤
아침을 몰고 오는 어린 분이 계시옵니다.
그분을 위하여
묵은 의자를 비워 드리겠읍니다.

조종현(趙宗玄)

♠역사의 흐름과 세대 교체의 당위성을 노래한 시이다. 시집 「시간의 숙소를 더듬어서」(1964)에 수록되어 있다.

나도 풋말이 되어 살고 싶다

1

나도 풋말이 되어 너랑 같이 살고 싶다.
별 총총 밤이 들면 노래하고 춤도 추랴
철 따라 멧새랑 같이 골 속 골 속 울어도 보고.

2

오월의 창고보다 새파란 그 눈동자
고함은 청천벽력 적군을 꿉질렀다.
방울쇠 손가락에 건 채 돌격하던 그 용자(勇姿)

3

네가 내가 되어 이렇게 와야 할 걸,
내가 네가 되어 이렇게 서야 할 걸,
강물이 치흐른다손 이것이 웬 말인가.

♠추앙과 축복의 정을 주제로 하고 있는 이 시는 나라를 지키다가 전사한 젊은 용사에 대한 추념을 그 내용으로 하고있다. 전26수로 된 연시조이나여기에는 3수만 소개하였다.

의상대 해돋이

천지 개벽이야!
눈이 번쩍 뜨인다.

불덩이가 솟는구나.
가슴이 용솟음친다.

여보게,
저것 좀 보아!
후끈하지 않은가.

♠해돋이를 바라보면서 느끼는 벅찬 감격을 주제로 한 시이다. 장엄한 느낌을 주는 시조이다.

조지훈(趙芝薰)

낙 화(落花)

꽃이 지기로소니
바람을 탓하랴.

주렴 밖에 성긴 별이
하나 둘 스러지고

귀촉도 울음 뒤에
머언 산이 다가서

촛불을 꺼야 하리
꽃이 지는데

꽃지는 그림자
뜰에 어리어

하이얀 미닫이가
우련 붉어라.

묻혀서 사는 이의
고운 마음을

아는 이 있을까
저허하노니

꽃이 지는 아침은
울고 싶어라.

♠일찌기 조지훈은 '시인이란 미(美)의 사제요, 미의 건축사이다' 라고 그의 시작(詩作)의 견해를 밝힌 바 있다. 이 시는 자신의 슬픈 운명에 대한 체념과 순응을 주제로 하고 있다.

승 무(僧舞)

얇은 사(紗) 하이얀 고깔은
고이 접어서 나빌레라.

파르라니 깎은 머리
박사(薄紗) 고깔에 감추오고

두 볼에 흐르는 빛이
정작으로 고와서 서러워라.

빈 대(臺)에 황촉(黃燭) 불이 말없이 녹는 밤에
오동잎 잎새마다 달이 지는데

소매는 길어서 하늘을 넓고
돌아설 듯 날아가며 사뿐이 접어 올린 외씨버선
이여.

까만 눈동자 살포시 들어
먼 하늘 한 개 별빛에 모도우고

복사꽃 고운 뺨에 아롱질 듯 두 방울이야
세사에 시달려도 번뇌(煩惱)는 별빛이라.

휘어져 감기우고 다시 접어 뻗는 손이
깊은 마음 속 거룩한 합장(合掌)인 양하고

이밤사 귀또리도 지새는 삼경인데
얇은 사(紗) 하이얀 고깔은 고이 접어서 나빌레
라.

♠우리 민족의 전통적인 멋을 음악적인 효과로 노래한 이 시는 조지훈의 대표작이다. 해탈을 염원하는 한국적인 전통미를 주제로 하고 있다.

파초우(芭蕉雨)

외로이 흘러간 한송이 구름
이 밤을 어디메서 쉬리라던고.

성긴 빗방울
파초잎에 후드기는 저녁 어스름

창열고 푸른 산과
마주 앉아라.

들어도 싫지 않은 물소리기에
날마다 바라도 그리운 산아

온 아츰 나의 꿈을 스쳐간 구름
이 밤을 어디메서 쉬리라던고.

♠방황하는 나그네의 외로운 심경을 노래하고 있다. 시집 「풀잎단장」(1952. 11. 1)에 수록되어 있다.

북관행(北關行)

1
안개비 시름없이 나리는 저녁답
기울은 울타리에 호박꽃이 떨어진다.

흙향기 풍기는 방에 정가로운 호롱불 가물거리고
젊은 나가니 나는 강냉이 국수를 마신다.

두메 산골이라 소치는 아이 풀피리 소리
베짜는 색시 고요히 웃는 양이 문틈으로 보인다.

♠동양적인 사상으로 토속적이고 전통적인 삶의 모습을 소박하게 묘사하고 있다. 주제는 시골의 아늑한 삶의 모습이다.

2
강냉이 조팝에 감자를 먹으며
토방 마루에 삽살이와 함께 자고……

맑은 물 돌아가는곳
푸른 산이 열리놋다.

영(嶺) 넘는 바윗길에 도라지꽃 홀로 피어
산길 칠십리를 뻐꾸기가 우짖는다.

월광곡(月光曲)

작은 나이프가 달빛을 빨아드린다. 달빛은 사과익은 향기가 난다. 나이프로 사과를 쪼갠다. 사과속에서도 달이 솟아오른다.

달빛이 묻은 사과를 빤다. 소녀가 사랑을생각한다. 흰 침의(寢衣)를 갈아 입는다.소녀의 가슴에 달빛이 내려 앉는다.

소녀는 두 손을 모은다. 달빛이 간즈럽다. 머리맡의 시집(詩集)을 뽑아 젖가슴을 덮는다. 사과를 먹고나서 〈이브〉는 부끄러운 곳을 가리웠다는데 시집(詩集)속에서 사과 익은 향기가 풍겨 온다.

달이 창을 열고 나간다.

시계가 두 시를 친다. 성당 지붕 위 십자가에

♠달빛을 통하여 생명의 신비와 순수한 감각을 노래하고 있다. 「현대문학」(1955. 5)에 처음 발표하였고, 「조지훈시선」(1956)에 수록되었다.

달이 달려서 처형된다. 낙엽 소리가 멀어진다 소녀의 눈이 감긴다.

달은 허공에 떠오르는 구원(久遠)한 원광(圓光). 그리운 사람의 모습이 달이 되어 부활(復活)한다. 부끄러운 곳을 가리지 못하도록 두 팔을 잘리운 〈미로의 비너스〉를 생각한다. 머리 칼 하나 만지지 않고 떠나간 옛사람을 생각한다.

소녀의 꿈속에 달빛이 스며든다. 소녀의 심장이 달을 잉태(孕胎)한다. 소녀의 잠든 육체에서 달빛이 퍼져나간다. 소녀는 꿈속에서도 기도한다.

여 인

그대의 함함이 빗은 머릿결에는
새빨간 동백꽃이 핀다.

그대의 파르한 옷자락에는
상깃한 풀내음새가 난다.

바람이 부는 것은 그대의 머리칼과
옷고름을 가벼이 날리기 위함이라

그대가 고요히 걸어가는 곳엔
바람도 아리따웁다.

♠전통미를 간직한 여인의 아름다움을 노래한 시이다. 아름다운 여인에게 불어오는 바람과 정열의 멋은 곧 조시인이찾아 헤매는 사랑의 대상이자 고뇌의 끄나풀이다. 사랑의 순수성, 이것이야말로 시인 조지훈이 끝없이 추구해온 삶의 목적이었고 시정신이었다. 이 시에는 여인의 아름다움과 부드러운 멋이 잘 나타나 있다.

산중문답(山中問答)

(새벽닭 울 때 들에 나가 일하고 달 비친 개울
에 호미 씻고 돌아오는 그 맛을 자네
아능가)

(마당 가 멍석자리 쌉살개도 같이 앉아
저녁을 먹네
아무데나 누워서 드렁드렁 코를 골다가
심심하면 퉁소나 한 가락 부는
그런 멋을 자네가 아능가)

(구름 속에 들어가 아내랑 밭을 매면
늙은 아내도 이뻐 뵈네
비온 뒤 앞개울 고기
아이들 데리고 낚는 맛을
자네 태고(太古)적 살림이라꼬 웃을라능가)

(큰일 한다고 고장 버리고 떠나간 사람
잘 되어 오는 놈 하나 없네
소원이 뭐가 있능고
해마다 해마나 시절이나 틀림없으라고
비는 것 뿐이제)

(마음 편케 살 수 있도록)
그 사람들 나라일이나 잘 하라꼬 하게

♠이 작품은일종의 풍자시이다 시인은 이 속에 화자(話者) 인 노인을 등장시켜 하고싶은 말을 토로하고 있다. 주제는 평화로운 시골의 아늑한 삶과 점점각박해져가는 시대적인 불안감을 비교한 풍자 시 이다.

내사 다른 소원 아무것도 없네
자네 이 마음을 아능가)

노인은 눈을 감고 환하게 웃으며
막걸리 한 잔을 따뤄 주신다.

(예 이 맛은 알 만합니더)

청산 백운(青山白雲)아
할 말 없다.

바다가 보이는 언덕에 서면

바다가 보이는 언덕에 서면
나는 아직도 짐승이로다.

인생은 항시 멀리
구름 뒤에 숨고

꿈결에도 아련한
피와 고기 때문에

나워 아직도
괴로운 짐승이로다.

모래밭에 누는서
햇살 쪼이는 꽃조개같이

♠거대한 자연 앞에 서면 인간은 한낱 미물에 불과하다. 어느 날 시인은 대자연의 품에 안겨 스스로 자각함으로써 세속적인 욕망에 얽매인 인간의 허무한 삶을 관조하고 있다. 주제는 삶의 고뇌와 허무에 대한 자각이다.

어두운 무덤을 헤매는 망령(亡靈)인 듯
가련한 거이와 같이

언젠가 한 번은
손들고 몰려오는 물결에 휩싸일

나는 눈물을 배우는 짐승이로다.
바다가 보이는 언덕에 서면

고풍 의상(古風衣裳)

하늘로 날을듯이 길게 뽑은 부연 끝 풍경이 운다.
처마 끝 곱게 늘이운 주렴에 반월(半月)이 숨어
아른아른 봄 밤이 두견이 소리처럼 깊어가는 밤
곱아라 고아라 진정 아름다운지고
파르란 구슬빛 바탕에 자주빛 호장을 받힌 회장 저고리
회장저고리 하얀 동정이 환하니 밝도소이다.
살살이 퍼져 나린 곧은 선이
스스로 돌아 곡선을 이루는 곳
열 두 폭 기인 치마가 사르르 물결을 친다.
치마 끝에 곱게 감춘 운혜(雲鞋) 당혜(唐鞋)
발자취 소리도 없이 대청을 건너 살며시 문을 열고
그대는 어느 나라의 고전을 말하는 한마리 호접

♠이 시는 의상을 통하여 본한국의 낭만적인 아름다움을 주제로 하고 있다. 황홀한 고전미와 일체감이 잘 나타나 있다.

호접인 양 사풋이 춤을 추라 아미(蛾眉)를 숙이고……
나는 이 밤이 옛날에 살아
눈 감고 거문고 줄 골라 보리니
가는 버들인 양 가락에 맞추어
흰 손을 흔들지어다.

봉황수(鳳凰愁)

벌레 먹은 두리기둥, 빛 낡은 단청(丹靑), 풍경소리 날아간 추녀 끝에는 산새도 비둘기도 둥주리를 마구 쳤다. 큰 나라 섬기다 거미줄 친 옥좌 위엔 여의주 희롱하는 쌍룡 대신에 두마리 봉황새를 틀어 올렸다. 어느 땐들 봉황이 울었으랴마는 푸르른 하늘 밑 추석(甃石)을 밟고가는 나의 그림자. 패옥(佩玉) 소리도 없었다 품석(品石) 옆에서 정일품, 종구품 어느 줄에도 나의 몸둘 곳은 바이없었다. 눈물이 속된 줄을 모르랑이면, 봉황새야 구천에 호곡하리라.

♠망해버린 이조의 궁궐을 소재로 하여 망국의 슬픔을 노래한 시이다.

완화삼(玩花衫)

차운 산 바위 위에 하늘은 멀어
산새가 구슬피 울음 운다.

구름 흘러가는
물길은 칠백리.

♠방황하는 나그네의 심정으로 한맺힌 민족의 설움을 노래하고 있다. 주제는 다정(多情) 다한(多恨)한 나그네의 슬픔이다.

나그네 긴 소매 꽃잎에 젖어
술 익은 강마을의 저녁 노을이여.

이 밤 자면 저 마을에
꽃은 지리라.

다정하고 한 많음도 병인 양하여
달빛 아래 고요히 흔들리며 가노니…….

고 사(古寺)

목어(木魚)를 두드리다
졸음에 겨워

고오운 상좌 아이도
잠이 들었다

부처님은 말이 없이
웃으시는데

서열 만리 ㅅ길
눈부신 노을 아래

모란이 진다.

♠깊은 산 속에 묻힌 고요한옛 절에서 느끼는 부처님의 자비심을 노래한 시이다. 시집「풀잎단장」(1952)에 수록된 작품이다.

다부원(多富院)에서

한달 농성(籠城) 끝에 나와 보는 다부원은

♠전쟁의 참혹함을 고발한 시

얇은 가을 구름이 산마루에 뿌려져 있다.

피아 공방의 포화가
한 달을 내리 울부짖던 곳

아아 다부원은 이렇게도
대구에서 가까운 자리에 있었고나,

조그만 마을 하나를
자유의 국토 안에 살리기 위해서는

한 해 살이 푸나무도 온전히
제 목숨을 다 미치지 못했거니

사람들아 묻지를 말아라
이 황폐한 풍경이
무엇 때문의 희생인가를……
고개 들어 하늘에 외치던 그 자세대로
머리만 남아 있는 군마의 시체.

스스로 뉘우침에 흐느껴 우는 듯
길 옆에 쓰러진 괴뢰군 전사.

일찌기 한 하늘 아래 목숨 받아
움직이던 생령(生靈)들이 이제
싸늘한 가을 바람에 오히려
간 고등어 냄새로 썩고 있는 다부원

진실로 운명의 말미암음이 없고
그것을 또한 믿을 수가 없다던

이다. 「사상계」(1968. 1)에 발표한 작품이다.

이 가련한 주검에 무슨 안식이 있느냐.

살아서 다시 보는 다부원은
죽은 자도 산 자도 다 함께
안주(安住)의 집이 없고 바람만 분다.

주요한(朱耀翰)

불놀이

아아, 날이 저문다. 서편 하늘에 외로운 강물 위에 스러져 가는 분홍빛 놀…… 아아, 해가 저물면 날마다 살구나무 그늘에 혼자 우는 밤이 또 오건마는 오늘은 사월이라 파일날, 큰 길을 물밀어 가는 사람 소리는 듣기만 하여도 흥성스러운 것을, 왜 나만 혼자 가슴에 눈물을 참을 수 없는고?

아아, 춤을 춘다. 춤을 춘다. 시뻘건 불덩이가 춤을 춘다. 잠잠한 성문 위에서 내려다보니, 물 냄새, 모래 냄새, 밤을 깨물고 하늘을 깨물은 횃불이 그래도 무엇이 부족하여 제 몸까지 물고 뜯으며, 혼자서 어두운 가슴 품은 젊은 사람은 과거의 퍼런 꿈을 찬 강물 위에 내어던지나 무정한 물결이 그 그림자를 멈출 리가 있으랴? ──아아 꺾어서 시들지 않는 꽃도 없건마는, 가신님 생각에 살아도 죽은 이 마음이야, 에라 모르겠다.저 불길로 이 가슴태워 버릴까. 어제도 아픈

♠이 시는 우리나라 최초의근대시로 불리우는 주요한의 대표작이다. 다분히 상징적이며 함축성이 강한 작품이기 때문에 이 시를 발표했던 1919년 당시에는 너무 난해하고 알아볼 수 없는 시라는 평이 나왔다. 그러나 그동안 창가와같은 정형적인 민요시만을 신시라고 생각해 오던 독자들로서는 이 시의 발표를 통하여 비로소 근대시 다운 시를 접할 수 있게 된 것이다. 조국을 잃은 슬픔과 그 슬픔을 사루는 정열을 주제로 하고있는 이 시는 평양 대동강의 관등놀이를 소재로 하여 쓰여진 작품이다. 불놀이의 풍속과 그 광경을 통하여신비스러운 향수에의 동경, 그리고 애절한 갈망을 나타내고 있다. 내용은 낭만주의에 바탕을 두고 있으며, 표현기법은 매우 상징적이다. 「창조」(1919.2) 창간호에 실린 작품이다.

발 끌면서 무덤에 가 보았더니 겨울에는 말랐던 꽃이 어느 덧 피었더라마는 사랑의 봄은 또 다시 안 돌아오는가, 차라리 속 시원히 오늘 밤이 물속에 … 그런데, 행여나 불쌍히 여겨 줄 이나 있을까 … 할 적에 퉁탕 불티를 날리면서 튀어나는 매화포, 펄떡 정신을 차라니 우구구 떠드는 구경꾼의 소리가 저를 비웃는 듯 꾸짖는 듯. 아아, 좀더 강렬한 정열에 살고 싶다. 저기 저 횃불처럼 엉기는 연기, 숨막히는 불꽃의 고통 속에서라도 더욱 뜨거운 삶을 살고 싶다고 뜻밖에 가슴 두근거리는 것은 나의 마음…….

사월달 따스한 바람이 강을 넘으면 청류벽(清流壁) 모란봉 높은 언덕 위에 허옇게 흐느끼는 사람 떼. 바람이 와서 불 적마다 봄빛에 물든 물결이 미친 웃음을 웃으니, 겁 많은 물고기는 모래 밑에 들어박히고, 물결 치는 뱃속에서 졸음 오는 「리듬」의 형상이 오락가락——어른거리는 그림자, 일어나는웃음 소리, 달아 논 등불 밑에서 목청 길게 빼는 어린 기생의 노래, 뜻밖에 정욕(情慾)을 이끄는 불구경도 인제는 겹고, 한잔 한잔 또 한잔 끝없는 술도 인제는 싫어, 지저분한 배 밑창에 맥없이 누우면 까닭 모르는 눈물은 눈을 데우며, 간단 없는 장구 소리에 겨운 남자들은 때때로 불 이는 욕심에 못 견디어 번득이는 눈으로 뱃가에 뛰어 나가면, 뒤에 남은 죽어 가는 촛불은 우그러진 치마 깃 위에 조을 때, 뜻있는 듯이 찌걱거리는 배젓개

소리는 더욱 가슴을 누른다……

아아, 강물이 웃는다. 괴상한 웃음이다. 차디 찬 강물이 컴컴한 하늘을 보고 웃는 웃음이다. 아아, 배가 올라온다. 배가 오른다.바람이 불 적마다 슬프게 슬프게 삐걱거리는 배가 오른다…….

저어라 배를, 멀리서 잠자는 능라도까지,물살 빠른 대동강을 저어 오르라. 저기 너의 애인이 맨발로 서서 기다리는 언덕으로 곧추 뱃머리를 돌리라. 물결 끝에서 일어나는 추운 바람도 무엇이리오. 괴이한 웃음 소리도 무엇이리오. 사랑 잃은 청년의 가슴 속도 너에게야 무엇이리오. 그림자 없이는 「밝음」도 있을 수 없거늘——오오 다만 네 확실한 오늘을 놓치지말라. 오오 사르라, 오늘밤! 너의 빨간 횃불을 빨간 입술을 눈동자를 또한 너의 빨간 눈물을.

샘물이 혼자서

샘물이 혼자서
춤추며 간다.
산골짜기 돌 틈으로

샘물이 혼자서
웃으며 간다.

♠샘물을 통한 자연 예찬을 주제로 하고있는 시이다. 맑은 산천의 기쁨을 통하여 생명의 환희를 노래하고 있다. 「학우」(1919. 1) 창간호에 실린 작품이다.

험한 산길 꽃 사이로

하늘은 맑은데
즐거운 그 소리
산과 들에 울리운다.

아기의 꿈

벌써 어디서 다듬이 소리가 들린다.
별이 아직 하나밖에 아니 뵈는데,
달빛에 노니는 강물에 목욕하러
색시들이 강으로 간다.

바람이 간다, 아기의 졸리는 머릿속으로,
수수밭에 속삭이는 소리를
아기는 알아 듣고 웃는다.

아기는 곡조 모를 노래로 대답한다.
어머님이 아기 잠을 재우려 할 적에.

어머님의 사랑하는 아기는
이제 곧 잠들겠읍니다.

잠들어서 이불에 가만히 누인 뒤에,
몰래 일어나 아기는 나가겠읍니다.
나가서 저기 꿈 같은 흰 들길에서
그이를 만나 어머님 이야기를 하겠읍니다.

그러면, 어머님은 아기가 잘도 잔다 하시고,

♠「영대」 (1924. 10) 3호에 발표된 작품으로 조국의 원초적인 얼에 대한 동경을 주제로하고 있다. 이 시 속에 나오는 '아기'는 때묻지 않은 순수한 겨레의 얼이다. 또한 '어머니'는 바로 수난을 겪는 조국의 또다른 모습이다. 동화적인 상상력을 빌어 써 내려간 '타고르'적인 기법의 서정시이다.

다름질한 옷을 풀밭에 널러
아기의 웃는 얼굴에 입맞추고 나가시겠지요.
그럴 적에 아기는 앞강을 날아 건너,
그이 계신 곳에 가 보겠읍니다.
가서 그이에게 어머님 이야기를 하겠읍니다.

빗소리

비가 옵니다.
밤은 고요히 깃을 벌리고
비는 뜰 위에 속삭입니다.
몰래 지껄이는 병아리같이.

이즈러진 달이 실날 같고
별에서도 봄이 흐를 듯이
따뜻한 바람이 불더니
오늘은 이 어둔 밤을 비가 옵니다.

비가 옵니다.
다정한 손님같이 비가 옵니다.
창을 열고 맞으려 하여도
보이지 않게 속삭이며 비가 옵니다.

비가 옵니다.
뜰 위에 창 밖에 지붕에
남 모를 기쁜 소식을
나의 가슴에 전하는 비가 옵니다.

♠이 시의 주제는 생명이 움트는 봄에 대한 환희이다. 〈불놀이〉와 함께 주요한의 대표작중의 한 편이다. 반복법을 사용하여 음악성을 살리고 있으며, 멈추지 않고 쏟아지는 비의 이미지를 돋보이게하기 위해 청각적인 감각을 함께 살린 작품이다. 「폐허 이후」 (1923. 2)에 발표하였으며, 4 행 4 연으로되어 있다.

명 령

사랑이 오라 하면
불로라도 물로라도 아니 가오리까
사랑이 손짓하여 부르면
험한 것을 사양하오리까?
사랑이 오오 사랑이 나를 찾는다면
마중하러 먼 길을 아니 가오리까?
만나거든 다시는 떠나지 않도록
사랑이여 나더러 오라 하소서.
발벗은 채로 뛰어 가오리다.
사랑이여 나더러 빨리 오라 하소서.
모든 것 버리고 달려 가오리다.
사랑이여 나를 따라오라 하소서
땅 끝까지 가오리다.
그 명령이 그런 힘을 나에게 줍니다.

♠이 시는 끝없는 조국애를 그 주제로 하고 있다. 이 시에 나타난 사랑은 곧 조국이다. 조국이 원한다면 시인은 죽음도 불사하겠다는 강한 의지가 내포된 작품이다. 조국을 위하여서는 어떠한 고난과 역경도 참고 이겨낼 수 있다는 시인의 조국애가 시의 전편을 흐르고 있다. 이 시의 제목인 '명령'은 곧조국이 민족에게 내리는 명령인 것이다.

복사꽃 피면

복사꽃이 피면
가슴 아프다
속생각 너무나
한 없으므로.

♠과거의 추억에 대한 아픔을 주제로 하고있는 시이다. 복사꽃이 피면 가슴이 아픈 시인의 마음은 너무나 많은 과거의 아린 추억으로 휩싸여 있다. 복사꽃 피는 시절에 당한 아픈 상처가 아직도 아물지 않은 채 시인의 가슴에 자리잡고 있는 것이다.

가신 누님

강남 제비 오는 날
새 옷 입고 꽃 꽂고

♠이 시는 빼앗긴 조국에 대한 슬픔을 그 주제로 하고 있다이

처녀 색시 앞뒤 서서
우리 누님 뒷산에 갔네.

가서 올 줄 알았더니
흙 덮고 금잔디 덮어
병풍 속에 그린 닭이
울더라도 못 온다네.
섬돌 위에 봉사꽃이
피더라도 못 온다네.

시에 나타난 누님의 이미지는 바로 조국의 이미지와도 상통한다. 봄에 죽은 누님이 뒷산에 묻힌 후로는 영영 돌아오지 않는다는 내용을 민요조로 읊은 시이다. 한 번 일제의 발밑에 밟힌 조국의 현실은 곧 죽은 누님의 영결과도 같은 것이다. 그러므로 시인은 돌아오지 않는 누님(조국 광복)을 그리며 슬퍼하고 있는 것이다.

봄달 잡이

봄날에 달을 잡으러
푸른 그림자를 밟으며 갔더니
바람만 언덕에 풀을 스치고
달은 물을 건너 가고요——

봄날에 달을 잡으러
금물결 헤치고 저어갔더니
돌 씻는 물소리만 적적하고
달은 들 너머 재 너머 기울고요——

봄날에 달을 잡으러
「밤」을 기어 하늘에 올랐더니
반쯤만 얼굴을 내다보면서
"꿈이 아니었더면 어떻게 왔으랴."

봄날에 달을 잡으러
꿈길을 헤여 찾아갔더니

♠「폐허 이후」(1924. 1) 창간호에 실린 작품이다. 이시 역시 주요한의 대표작이다. 새로운 희망과 꿈을 이루고 싶은 끝없는 욕망과 좌절을 주제로 하고 있는 이 시는 반복법에 의해 리듬감을 잘 살리고 있는 서정시이다. 대화수법의 구어체로 봄의 꿈을 잡으려는 시인의 의지가 잘 나타나 있다.

자기도 전에 별들이 막아서서
"꿈이 아니었더면 어떻게 왔으랴."

전원송(田園訟)

전원으로 오게, 전원은 우리에게
새로운 기쁨을 가져 오나니
익은 열매와 붉은 잎사귀
가을 풍성은 지금이 한창일세.

아아 도회의 핏줄 선 눈을 버리고
수그러진 어깨와 가쁜 호흡과
아우성치는 고독의 거리를 버리고
푸른 봉우리 솟아오른 전원으로 오게 오게.

달이 서러운 밭도랑을 희게 비치고
얼어 붙은 강물과 다리와 어선 위에
눈은 내려서 녹고 또 꽃 필 적이
우리들이 깊이 또 고요히 묵상할 때일세.

전원으로 오게, 건강의 전원으로.
인공과 암흑과 시기와 잔혹의 도회
잠잘 줄 모르는 도회 달과 별을 향하여
어리석은 반항을 하는 도회를 떠나.

노래는 들에 가득히 산에 울려 나오고
향기와 빛깔은 산에서 들로 퍼져 간다.
아름다운 봄! 양지에 보드랍게 풀린
흙덩이를 껴안고 입맞추고 싶은 봄.

♠이 시의 주제는 전원에 대한 예찬이다. 암담한 현실로부터의 도피감정이 두드러지게 나타나있다. 이 시에 나타난 전원은 곧 현실세계가 아닌 피안의 세계와도 상통한다. 시인은 현실의 암울함을 딛고서서 새로운 세계로의 진출을 희망하고 있다. 그것은 어쩌면 미래의 행복한 조국강산일지도 모른다. 이 시에서의 전원은 바로 '행복한 시대의 조국' 일 수도 있는 것이다.

그러나, 보라 도회는 피 빠는 박쥐가 깃들인 곳
흉한 강철의 신 앞에 사람 사람이
피와 살과 자녀에게 비쳐야 하는
도회는 문명의 막다른 골 무덤.

전원으로! 여기 끊임없는 샘물이 솟네.
여기 영원한 새로움이 흘러나네.
더운 태양과 건강한 대지의
자라나는 여름의 전원으로!

아아 그 때 새 예언자의 외치는 소리가
봉우리와 골짜기를 크게 물리더니
반역자가 인류의 유업을 차지하리니
위대한 리듬의 전원으로 오게 오게.

최남선(崔南善)

해(海)에게서 소년에게

1

처얼썩 처얼썩 척 쏴아아.
따린다 부순다 무너버린다.
태산 같은 높은 뫼 집채 같은 바윗돌이나
요것이 무어야 요게 무어야.
나의 큰 힘 아느냐 모르느냐 호통까지 하면서
따린다 부순다 무너버린다.
처얼썩 처얼썩 척 튜르릉 꽉.

♠우리나라 최초의 신시로서 서구의 자유시의 영향을 받아 쓰여진 신체시이다. 소년에 대한 찬양과 기대, 포부와 희망을 주제로 하고 있는 이 시는 우리 민족의 장래에 대한 굳건한 힘과 민족의 의지를 표출하고 있다. 시의 미학성(美學性)은 뛰어나지 않지만 계몽성과 사상성이 강한 작품이다. 우리

2

처얼썩 처얼썩 척 쏴아아.
내게는 아무것 두려움 없어
육상에서 아무런 힘과 권(權)을 부리던 자라도
내 앞에 와서는 꼼짝 못하고
아무리 큰 물결도 내게는 행세하지 못하네.
내게는 내게는 나의 앞에는
처얼썩 처얼썩 튜르릉 꽉.

3

처얼썩 처얼썩 척 쏴아아.
나에게 절하지 아니한 자가
지금까지 있거든 통기하고 나서 보아라.
진시황 나팔륜 너희들이냐.
누구 누구 누구냐 너희 역시 내게는 굽히도다.
나하고 겨룰이 있건 오너라.
처얼썩 처얼썩 튜르릉 꽉.

4

처얼썩 처얼썩 척 쏴아아.
조그만 산(山)모를 의지하거나
좁쌀 같은 작은 섬 손벽만한 땅을 가지고
그 속에 있어서 영악한 체를
부리면서 나 혼자 거룩하다 하는 자
이리 좀 오너라 나를 보아라.
처얼썩 처얼썩 척 튜르릉 꽉.

5

처얼썩 처얼썩 척 쏴아아.
나의 짝 될 이는 하나 있도다.
크고 길고 너르게 뒤덮은 바 저 푸른 하늘
저것은 우리와 틀림이 없어

나라 최초의 잡지「소년」 창간호(1908. 11)의 권두시로 발표되었다.

작은 시비 작은 쌈 온갖 모든 더러운 것 없도다.
저 따위 세상에 저 사람처럼
처얼썩 처얼썩 척 튜르릉 꽉.

6

처얼썩 처얼썩 척 쏴아아.
저 세상 저 사람 모두 미우나
그 중에서 똑 하나 사랑하는 일이 있으니
담 크고 순진한 소년배들이
재롱처럼 귀엽게 나의 품에 와서 안김이로다.
오너라 소년배 입맞춰 주마.
처얼썩 처얼썩 척 튜르릉 꽉.

꽃 두고

나는 꽃을 즐겨 맞노라.
그러나 그의 아리따운 태도를 보고 눈이 어리어,
그의 향기로운 냄새를 맡고 코가 반하여,
정신 없이 그를 즐겨 맞음 아니라
다만 칼날 같은 북풍을 더운 기운으로써
인정없는 살기를 깊은 사랑으로써
대신하여 바꾸어
뼈가 저린 이름 밑에 눌리고 피도 얼릴 눈구덩
에 파묻혀 있던
억만 목숨을 건지고 집어 내어 다시 살리는
봄바람을 표장(表章)함으로
나는 그를 즐겨 맞노라.

나는 꽃을 즐겨 보노라.
그러나 그의 평화 기운 머금은 웃는 얼굴 흘리어

♠새로운 근대 문명에 대한 동경을 주제로 하고있는 이 시는 육당의 신체시를 대표하는 자유시이다. 내용은 다분히 계몽적이며, 꽃을 통하여 인간의홍방성쇠를 꿰뚫어 보는 시인의 날카로운 시선이 현대적인 사유(思惟)를 잘 관조하고 있다.

그의 부귀 기상 나타낸 성한 모양 탐하여
주착 없이 그를 즐겨 봄이 아니라
다만 겉모양의 고운 것 매양 실상이 적고
처음 서슬 장한 것 대개 뒤끝 없는 중 오직 혼
자 특별히
약한 영화 구안(苟安)치도 아니고, 허다 마장
(魔障) 격으면서도 굽히지 않고
억만 목숨을 만들고 늘어 내어 길이 전할 바
씨 열매를 보유함으로
나는 그를 즐겨 보노라.

봄 길

버들잎에 구는 구슬 알알이 짙은 봄빛,
찬 비라 할지라도 임의 사랑 담아 옴을
적시어 뼈에 스민다 마달 수가 있으랴.

볼 부은 저 개구리 그 무엇에 쫓겼관대
조르르 젖은 몸이 논귀에서 헐떡이나.
떼봄이 쳐들어 와요, 더위 함께 옵데다.

저 강상 작은 돌에 더북할쏜 푸른 풀을
다 살라 욱대길 제 그 누구가 봄을 외리
줌만한 저 흙일망정 놓쳐 아니 주도다.

♠이 시는 봄을 맞이하는 기쁨을 주제로 하고 있다. 육당의 최초의 개인 시조집인 「백팔번뇌」(1926)에 수록된 연시조이다. 자연의 사랑에 대한 감사와 머지않아 다가오게 될 봄에 대한 기대, 그리고 대자연의 어김없는 질서에 대한 감흥이 잘 나타나 있는 작품이다.

혼자 앉아서

가만히 오는 비가 낙수져서 소리하니,

♠이 시의 주제는 인간에 대한

오마지 않은 이가 일도 없이 기다려져
열릴 듯 닫힌 문으로 눈이 자주 가더라.

그리움이다. 아무도 없는 빈방에 홀로 앉아 빗소리를 듣는 시인의 마음은 더없이 쓸쓸하고 고독하다. 바람 한 점 불어와 문풍지가 흔들릴 때마다 마치 누가 찾아오기나 하는 것처럼 가슴이 두근거리는 심정은 외로움 속에서 느끼는 끝없는 그리움을 잘 나타내 준다.

아느냐 네가

공작이나 부엉이나 참새나
새 생명 가진 것은 같은 줄
　　　　　　　아느냐 네가

쇠 끝으로 부싯돌을 탁 치면
그새어미 불이 나서 날림을
　　　　　　　아느냐 네가

미난 물이 조금조금 밀어도
나중에는 원물만큼 느는 줄
　　　　　　　아느냐 네가

건장한 이들이 가는 먼 길을
다리 성치 못하여도 가는 줄
　　　　　　　아느냐 네가

♠생명의 존엄성을 주제로 하고있는 이 시는 모든 사물이저마다 가지고 있는 생명의 뜻을 강조하고 있다. 이 세상에서형상이 있는 모든 사물은 곧 저나름대로의 생명성을 가지고 있으며, 거기에는 또한 저마다의 존재가치를 가지고 있음을 노래하고 있다.

구작 삼 편(舊作三篇)

우리는 아무 것도 가진 것 없오,
칼이나 육혈포나.
그러나 무서움 없네.
철장 같은 형세라도
우리는 웃지 못하네.
　우리는 옳은 것 짐을 지고
　큰 길을 걸어 가는 자일세.

♠이 시는 우리 민족의 허약성을 일깨워주기 위한 계몽적인 주지시이다. 소년의 기상과 순결과 정의를 주제로 하여 약한 우리 민족에게 힘과 용기와 희망찬 미래에 대한 의지를 가질 수 있도록 호소하고 있다. 「소년」 (1909.4) 6 호에 실린 작품이다.

우리는 아무 것도 가진 것 없오.
비수나 화약이나.
그러나 두려움 없네.
면류관의 힘이라도
우리는 웃지 못하네.
　　우리는 옳은 것 광이삼아
　　큰 길을 다스리는 자일세.

우리는 아무 것도 든 물건 없오.
돌이나 뭉둥이나.
그러나 겁 아니 나네.
세사 같은 재물로도
우리는 웃지 못하네.
　　우리는 옳은 것 칼해 잡고
　　큰 것을 지켜 보는 자일세.

한용운(韓龍雲)

님의 침묵

님은 갔읍니다. 아아 사랑하는 나의 님은 갔읍니다.
푸른 산빛을 깨치고 단풍나무 숲을 향하여 난 작은 길을 걸어서 차마 떨치고 갔읍니다.
황금의 꽃같이 굳고 빛나던 옛 맹세는 차디찬 티끌이 되어서 한숨의 미풍에 날아 갔읍니다.
날카로운 첫 키스의 추억은 나의 운명의 지침을 돌려 놓고 뒷걸음쳐서 사라졌읍니다.
나는 향기로운 님의 말소리에 귀 먹고 꽃다운 님의 얼굴에 눈 멀었읍니다.

♠이 시는 사랑을 잃은 사람의 슬픈 노래이다. 이 시를 읊고 있노라면 소리없는 울음을 듣듯 애틋한 정을 금할 길이 없다. 사랑과 이별과 삶과 죽음에 대한 애착과 무상을 함께 느끼게 한다. 조국애와 종교애, 그리고 인류애에 대한 간절한 바램이 시의 귀절마다에 어려있다. 다분히 불교적이며 철학적인 시이다. 인생과 우주를 보는 깊은 관조에서 오는 신비적인 통찰이 짙으며, 뜨거운 조국

사랑도 사람의 일이라 만날 때에 미리 떠날 것을 염려하고 경계하지 아니한 것은 아니지만, 이별은 뜻밖에 일이 되고 놀란 가슴은 새로운 슬픔에 터집니다.

그러나 이별은 쓸데없는 눈물의 원천을만들고 마는 것은 스스로 사랑을 깨치는 것인 줄 아는 까닭에 걷잡을 수 없는 슬픔의 힘을 옮겨서 새 희망의 정수박이에 들어부었읍니다.

우리는 만날 때에 떠날 것을 염려하는 것과 같이 떠날 때에 다시 만날 것을 믿습니다.

아아, 님은 갔지마는 나는 님을 보내지아니하였읍니다.

제 곡조를 못 이기는 사랑의 노래는 님의 침묵을 휩싸고 돕니다.

애가 이 시 속에 숨어있다. '아아, 님은 갔지마는 나는 님을 보내지 아니하였읍니다' 에서 볼 수 있듯이 사랑(조국)을 잃은 시인의 마음 속에 조국은늘 살아있는 것이다. 그리하여 만해 시인은 불교의 인연설을 믿고 그 순리에 따라 다시 되돌아올 님(조국)을 기다리며 끊임없이 노래부르는 것이다.

알 수 없어요

바람도 없는 공중에 수직의 파문을 내며 고요히 떨어지는 오동잎은 누구의 발자취입니까?

지리한 장마 끝에 서풍이 몰려가는 무서운 검은 구름의 터진 틈으로, 언뜻언뜻 보이는푸른 하늘은 누구의 얼굴입니까?

꽃도 없는 깊은 나무에 푸른이끼를 거쳐서, 옛 탑 위에 고요한 하늘을 스치는 알 수 없는 향기는 누구의 입김입니까?

근원은 알지도 못할 곳에서 나서 돌부리를 울리고 가늘게 흐르는 작은 시내는 굽이굽이

♠님(조국)에 대한 헌신적인 사랑을 주제로 하고있는 시이다. 바람도 없는 공중에 고요히 떨어지는 오동잎, 무서운 검은 구름의 터진 틈으로 언뜻언뜻 보이는 푸른 하늘, 그 고요한 하늘을 스치는 알 수 없는 향기, 굽이굽이 가늘게 흐르는 작은 시내, 끝없는 하늘을 만지면서 떨어지는 해를 곱게 단장하는 저녁 놀, 그리고 그칠줄 모르고 타는 이 시인의 마음등 모든 것은 그저 아름답고 신비롭기만 하다. 이 시에 나타난 자연은 모두가 다 신의 조화이다. 자연 앞에 서게 되면 인간은 한낱 미물에 불과하다. 이런

누구의 노래입니까?

연꽃 같은 발꿈치로 가이 없는 바다를 밟고,옥 같은 손으로 끝없는 하늘을 만지면서, 떨어지는 해를 곱게 단장하는 저녁놀은 누구의 시입니까?

타고 남은 재가 다시 기름이 됩니다.
그칠 줄을 모르고 타는 나의 가슴은 누구의 밤을 지키는 약한 등불입니까?

하잘것 없는 인간이 어찌 신의 섭리를 이해할 수 있으랴! 이 알 수 없는 신의 섭리를 조용한 목소리로 노래하고 있는 만해 시인은 이 시에서 불교의윤회사상에 대한 영원성을 강조하고 있다.

복 종

남들은 자유를 사랑한다지마는 나는 복종을 좋아하여요.
자유를 모르는 것은 아니지만 당신에게는복종만 하고 싶어요.
복종하고 싶은 데 복종하는 것은 아름다운 자유보다도 달콤합니다.
그것이 나의 행복입니다.
그러나, 당신이 나더러 다른 사람을 복종하라면 그것만은 복종할 수 없읍니다.
다른 사람을 복종하려면 당신에게 복종할 수 없는 까닭입니다.

♠이 시의 주제는 님(조국, 신)에 대한 끝없는 사랑과 복종이다. 남들이 모두 사랑하는 그 자유보다도 복종을 더 좋아한다는 만해의 조국애가 역력히 나타나있는 시이다. 자유가 더 없이 좋고 귀중한 것인 줄을모르는 것은 아니지만 조국에 대해서만은 결코 자유의 주장보다도 순종하는 마음을 갖겠다는 굳은 의지가 담겨있다.

명 상

아득한 명상의 작은 배는 가이 없이 출렁이는 달빛의 물결에 표류되어 멀고 먼 별 나라를 넘고 또 넘어서, 이름도 모르는 나라에 이르

♠이 시는 상징시이다. 주제는 조국에 대한 사랑과 인생의 무상함, 그리고 숭고한 자연의 아름다움이다. 영원한 꿈 속에

렀읍니다.
이 나라에는 어린 아기의 미소와 봄 아침과 바다 소리가 합하여 사람이 되었읍니다.
이 나라 사람은 옥새의 귀한 줄도 모르고,황금을 밟고 다니고, 미인의 청춘을 사랑할 줄도 모릅니다.
이 나라 사람은 웃음을 좋아하고, 푸른 하늘을 좋아합니다.
명상의 배를 이 나라 궁전에 매었더니, 이 나라 사람들은 나의 손을 잡고 같이 살자고 합니다.
그러나 나는 임이 오시면 그의 가슴에 천국을 꾸미려고 돌아왔읍니다.
달빛의 물결은 흰구름을 머리에 이고 춤추는 어린 풀의 장단을 맞추어 우쭐거립니다.

서 깨어나 임을 기다리기 위하여 현실로 돌아오는 시인의 마음이 잘 나타나 있다.

나룻배와 행인

나는 나룻배
당신은 행인
당신은 흙발로 나를 짓밟읍니다.
나는 당신을 안고 물을 건너갑니다.
나는 당신을 안으면 깊으나 옅으나 급한 여울이나 건너갑니다.

만일 당신이 아니 오시면 나는 바람을 쐬고 눈비를 맞으며 밤에서 낮까지 당신을기다리고 있읍니다.
당신은 물만 건너면 나를 보지도 않고 가십니다 그려.

♠이 시에서 '나룻배'는 조국을 위해 어떤 고난도 감수하겠다는 시인 자신을 가리키며 '행인'은 곧 조국을 의미한다. 주제는 조국 광복에 대한 염원이다.

그러나 당신이 언제든지 오실 줄만은 알아요.
나는 당신을 기다리면서 날마다 날마다 낡아 갑니다.
나는 나룻배
당신은 행인

비 밀

비밀입니까 비밀이라니요 나에게 무슨 비밀이 있겠습니까.
나는 당신에게 대하여 비밀을 지키려고 하였읍니다 마는 비밀은 조금도 지켜지지 아니하였읍니다.
나의 비밀은 눈물을 거쳐서 당신의 시각으로 들어 갔읍니다.
나의 비밀은 한숨을 거쳐서 당신의 청각으로 들어 갔읍니다.
그 밖에 비밀은 한 조각 붉은 마음이 되어서 당신의 꿈으로 들어갔읍니다.
그리고 마지막 비밀은 하나 있읍니다.
그러나 그 비밀은 소리 없는 메아리와 같아서 표현할 수가 없읍니다 .

♠이 시의 주제는 조국에 대한 끝없는 사랑과 절열이다. 조국 광복을 위해서는 어떤 수난도 이겨내며 투쟁하겠다는 시인의 의지가 숨어있는 상징시이다.

이 별

아아, 사람은 약한 것이다. 여린 것이다. 간사한 것이다.
이 세상에는 진정, 사랑의 이별은 있을 수가 없는 것이다.
죽음으로 사랑을 바꾸는 임과 임에게야 무슨

♠이 시의 주제는 사랑과 이별에 대한 자기 희생이다. 사람은 본디부터 약한 것이고 간사한 것이기에 사랑의 이별이 존재한다. 그러나 진정한 의미의 사랑에 대한 이별은 없는 것이다. 사랑함으로써 죽는다는 것은

이별이 있으랴.
이별의 눈물은 물거품의 꽃이요 도금(鍍金)한 금방울이다.

칼로 벤 이별의 키스가 어디 있느냐.
생명의 꽃으로 빚은 이별의 두견주(杜鵑酒)가 어디에 있느냐.
이별의 눈물은 저주의 마니주(摩尼珠)요 거짓의 수정(水晶)이다.

사랑의 이별은 이별의 반면에 반드시 이별하는사랑보다 더 큰 사랑이 있는 것이다.
혹은 직접의 사랑은 아닐지라도 간접의 사랑이라도 있는 것이다.
다시 말하면 이별하는 애인보다 자기를 더 사랑하는 것이다.
만일 애인을 자기의 생명보다 더 사랑 한다면 무궁을 회전하는 시간의 수레 바퀴에 이끼가 끼도록 사랑의 이별은 없는 것이다.
아니다, 아니다. "참"보다도 참인 임의 사랑엔 죽음보다도 이별이 훨씬 위대하다.
죽음이 한 방울의 찬 이슬이라면 이별은 일천 줄기의 꽃비다.
죽음이 밝은 별이라면 이별은 거룩한 태양이다.

생명보다 사랑하는 애인을 사랑하기 위하여는 죽을 수가 없는 것이다.
진정한 사랑을 위하여는 괴롭게 사는 것이 죽음 보다도 더 큰 희생이다.
이별은 사랑을 위하여 죽지 못하는 가장 큰 고

이별이 아니라 영원한 만남인 것이다. 그러므로 사랑에는 이별이 있을 수 없으며, 만약 사랑의 이별이 있다고 한다면 그것은 더욱 더 크나큰 사랑이될 수밖에 없는 것이다. 이 지고(至高)한 사랑은 언제나 임을 나보다 더 우위에 둔다.그리하여 반드시 이별할 수밖에 없는 입장이라 하더라도 결국은 죽음으로써 그 이별을 초월하는 것이다. 이 때의 이별이야말로 죽음보다도 더 값진 위대한 사랑이 된다. 그래서 시인은 진정한 임에 대한 사랑을 역설적으로 노래한 것이다.

통이요 보은이다.

애인은 이별보다 애인의 죽음을 더 슬퍼하는 까닭이다.
사랑은 붉은 촛불이나 푸른 술에만 있는 것이 아니라 먼 마음을 서로 비치는 무형(無形)에도 있는 까닭이다.
그러므로 사랑하는 애인을 죽음에서 잊지 못하고 이별에서 생각하는 것이다.
그러므로 사랑하는 애인을 죽음에서 웃지 못하고 이별에서 우는 것이다.
그러므로 애인을 위하여는 이별의 원한을 죽음의 유쾌(愉快)로 갚지 못하고 고통으로 참는 것이다.
그러므로 사랑은 차마 죽지 못하고 차마 이별하는 사랑보다 더 큰 사랑은 없는 것이다.

그리고 진정한 사랑은 곳이 없다.
진정한 사랑은 애인의 포옹만 사랑할 뿐 아니라 애인의 이별도 사랑하는 것이다.

그리고 진정한 사랑은 때가 없다.
진정한 사랑은 간단(間斷)이 없어서 이별은 애인의 육(肉)뿐이요 사랑은 무궁이다.

아아, 진정한 애인을 사랑함에는 죽음은 칼을 주는 것이요, 이별은 꽃을 주는 것이다.
아아, 이별의 눈물은 진이요 선이요 미다.
아아, 이별의 눈물은 석가요 모세요 잔다르크다.

찬 송

♠이 시의 주제는 조국과 신에 대한 찬미이다. 의(義)가 무겁고 황금이 가벼운 것을 잘아는 까닭에 시인은 약한 자의가슴에 은혜를 심는 자비를 따르는 것이다.

임이여 당신은 백 번이나 단련한 금(金)결입니다.
뽕나무 뿌리가 산호가 되도록 천국의 사랑을 받읍소서.
임이여 사랑이여 아침 볕의 첫 걸음이여.

임이여 당신은 의가 무거웁고 황금이 가벼우신 것을 잘 아십니까.
거지의 거친 발에 복의 씨를 뿌리옵소서.
임이여 사랑이여 옛 오동의 숨은 소리여.
임이여 당신은 봄과 권명과 평화를 좋아하십니다.
약자의 가슴에 눈물을 뿌리는 자비의 보살이 되옵소서.
임이여 사랑이여 얼음바다의 봄바람이여.

당신을 보았읍니다

♠조국을 잊지못하는 시인의 마음이 간절하게 표현된 시이다. 조국이 남의 지배하에 들어간 후로는 한 시도 조국을잊지 못하고 근심 걱정으로 날을 보내는 우국지사의 심정이 귀절마다 숨어 있는 애국시이다.

당신이 가신 뒤로 나는 당신을 잊을 수가 없읍니다.
까닭은 당신을 위하느니 보다 나를 위함이 많습니다.

나는 갈고 심을 땅이 없으므로 추수가 없읍니다.
저녁거리가 없어서 조나 감자를 꾸러 이웃 집에 갔더니 주인은 "거지는 인격이 없다. 인격이 없는 사람은 생명이 없다. 너를 도와 주는 것은 죄악이다"고 말하였읍니다.
그 말을 듣고 나는 돌아올 때에 쏟아지는눈물 속에서 당신을 보았읍니다.

나는 집도 없고 다른 까닭을 겸하여 민적(民籍)이 없읍니다.
"민적 없는 자는 인권이 없다. 인권이 없는 너에게 무슨 정조냐"하고 능욕하려는 장군이 있었읍니다.
그를 항거한 뒤에 남에게 대한 격분이 스스로의 슬픔으로 화하는 찰라에 당신을 보았읍니다.

아아 온갖 윤리, 도덕, 법률은 칼과 황금을 제사 지내는 연기인 줄을 알았읍니다.
영원의 사랑을 받을까 인간 역사의 첫 페이지에 잉크 칠을 할까 술을 마실까 망설일 때에 당신을 보았읍니다.

수(繡)의 비밀

나는 당신의 옷을 다 지어 놓았읍니다.
심의도 짓고 도포도 짓고 자리옷도 지었읍니다.
짓지 아니한 것은 작은 주머니에 수놓는 것뿐입니다.

그 주머니에 나의 손때가 많이 묻었읍니다.
짓다가 놓아 두고 짓다가 놓아 두고 한까닭입니다.

♠임(조국 광복, 신)을 기다리는 마음을 주제로 한 시이다. 이 시에서 당신은 시인의 시적(詩的)인 대상물인 조국 또는 신이다. 조국 광복을 위하여여러 가지 준비를 다해 놓았으나 아직 광복이 되지 않아 근심속에서 기다리고 있다는 시인의 조국애가 '수의 비밀' 속에 숨어 있다.

다른 사람들은 나의 바느질 솜씨가 없는 줄로 알지마는, 그러한 비밀은 나밖에는 아는 사람이 없읍니다.
나는 마음이 아프고 쓰린 때에 주머니에 수를 놓으랴면, 나의 마음은 수놓는 금실을 따라서 바늘 구멍으로 들어가고, 주머니 속에서 맑은 노래가 나와서 나의 마음이 됩니다.
그리고 아직 이 세상에는 그 주머니에 넣을 만한 무슨 보물이 없읍니다.
이 작은 주머니는 짓기 싫어서 짓지 못하는 것이 아니라, 짓고 싶어서 다 짓지 않는 것입니다.

예술가

나는 서투른 화가여요.
잠 아니 오는 잠자리에 누워서 손가락을 가슴에 대이고 당신의 코와 입과 두 볼에 새암파지는 것까지 그렸읍니다.
그러나 언제든지 적은 웃음이 떠도는 당신의 눈자위는 그리다가 백 번이나 지웠읍니다.

나는 파겁(破怯) 못한 성악가여요.
이웃 사람도 돌아가고 버러지 소리도 그쳤는데 당신이 가르쳐 주시던 노래를 부르려다가 조는 고양이가 부끄러워서 부르지 못하였읍니다.
그래서 가는 바람이 문풍지를 스칠 때에 가만히 합창하였읍니다.

♠이 시에서 예술가는 곧 조국의 해방을 기다리는 만해 시인 자신이다. 그는 시인이기 이전에 불교도이며 또한 조국 광복을 염원하는 혁명가이다. 그는 늘 암울한 시대에서 밝은 미래를 기다리며 조국의 해방을 기원하고 있었다. 이 시 역시 언젠가는 해방이 되고야 말 조국에 대한 혁명가로서의 소박한 꿈이 담긴 굳은 의지의 노래이다.

나는 서정시인이 되기에는 너무도 소질이 없나봐요.
"즐거움"이니 "슬픔"이니 "사랑"이니 그런 것은 쓰기 싫어요.
당신의 얼굴과 소리와 걸음걸이와를 그대로 쓰고 싶습니다.
그리고 당신의 집과 침대와 꽃밭에 있는 적은 돌도 쓰겠읍니다.

한하운(韓何雲)

보리피리

보리 피리 불며
봄 언덕
고향 그리워
피ㅡㄹ닐니리,

보리 피리 불며
꽃 청산(靑山)
어릴 때 그리워
피ㅡㄹ닐니리,

보리 피리 불며
인환(人寰)의 거리
인간사 그리워
피ㅡㄹ닐니리,

보리 피리 불며
방랑의 기산하(幾山河)

♠이 시는 한하운의 대표작이다. 어린 시절의 행복하던 고향을 생각하며 현실의 암울한 처지를 슬퍼하고 있다. 주제는 인간에의 복귀를 염원하는 시인의 마음이다.

눈물의 언덕을
피 ―르닐니리.

여 인

눈여겨 낯익은 듯한 여인 하나
어깨 넓적한 사나이와 함께 나란히
아가를 거느리고 내 앞을 무사히 지나간다.

아무리 보아도 나이가 스무 살 남짓한 저 여인은
뒷모습 걸음걸이 하며
몸맵시 틀림없는 저……누구라 할까……

어쩌면 엷은 입술 혀끝에 맴도는 이름이요!
어쩌면 아슬아슬 눈 감길 듯 떠오르는 추억이요!
옛날엔 아무렇게나 행복해 버렸나 보지?
아니 아니 정말로 이제금 행복해 버렸나 보지!

♠옛 여인을 우연히 만난 시인은 그냥 모른 채 지나쳤다. 그러나 어찌 옛연인과의 달콤했던 추억이 지워질 수 있으랴? 이 시 역시 한하운의 대표작중의 한 편이다.

함윤수(咸允洙)

수선화

슬픈 기억을 간직한 수선화
싸늘한 애수 떠도는 적막한 침실.

구원(久遠)의 요람을 찾아 헤매는
꿈의 외로움이여.

♠고독한 사랑을 주제로 한 이 시는 수선화를 한 여인에게 비유하여 노래하고 있다. 이 시에는 의인법, 은유법, 영탄법, 사실법, 직유법 등의 다채로운 수사법이 사용되고 있다.

창백한 무명지를 장식한 진주 더욱 푸르고
영겁의 고독은 찢어진 가슴에 낙엽처럼 쌓이다.

홍사용(洪思容)

나는 왕이로소이다

나는 왕이로소이다. 나는 왕이로소이다.
어머님의 가장 어여쁜 아들 나는 왕이로소이다.
가장 가난한 농군의 아들로서 ……
그러나 시왕전(十王殿)에서도 쫓기어난 눈물의 왕이로소이다.
"맨 처음으로 내가 너에게 준 것이 무엇이냐"
이렇게 어머니께서 물으시며는
"맨 처음으로 어머니께 받은 것은 사랑이었지요마는 그것은 눈물이더이다" 하겠나이다. 다른 것도 많지요마는……
"맨 처음으로 네가 나에게 한 말이 무엇이냐"
이렇게 어머니께서 물으시며는
"맨 처음으로 어머니께 드린 말씀은 '젖 주셔요' 하는 그 소리였읍니다마는,그것은 '으아!' 하는 울음이었나이다"하겠나이다. 다른 말씀도 많지요마는……

이것은 노상 왕에게 들리어 주신 어머님의 말씀인데요.
왕이 처음으로 이 세상에 올 때에는 어머님의 흘리신 피를 몸에다 휘감고 왔더랍니다.
그 말에 동네의 늙은이와 젊은이들은 모두 "무

♠이 시에서의 '어머니'는 바로 시인이 태어난 조국을 의미한다. 일제의 압박 밑에서 신음하고 있는 서러운 조국의 현실을 주관적인 감상으로 노래하고 있다. 이 시의 주제는 눈물과 비탄과 허망함 속에서 핍박받는 민족의 비운에 대한 설움이다. 「백조」(1922. 9) 3호에 발표된 작품이다.

엇이냐"고 쓸데없는 물음질로 한창 바쁘게 오고갈 때에도
어머님께서는 기꺼움보다는 아무 대답도 없이 속아픈 눈물만 흘리셨답니다.
벌거숭이 어린 왕 나도 어머니의 눈물을 따라서 발버둥질치며, '으아' 소리쳐 울더랍니다.

그날 밤도 이렇게 달 있는 밤인데요,
으스름 달이 무리 서고, 뒷동산에 부엉이 울음 울던 밤인데요,
어머니께서는 구슬픈 옛 이야기를 하시다가요,
일없이 한숨을 길게 쉬시며 웃으시는 듯한 얼굴을 얼른 숙이시더이다.
왕은 노상 버릇인 눈물이 나와서 그만 끝까지 섧게 울어버렸오이다. 울음의 뜻은 도무지 모르면서도요.
어머님께서 조오실 때에는 왕만 혼자 울었소이다.
어머니의 지으시는 눈물이 젖 먹는 왕의 뺨에 떨어질 때이면 왕도 따라서 시름없이 울었소이다.

열 한 살 먹던 해 오월 열 나흗 날 밤 맨 잿더미로 그림자를 보러 갔을 때인데요. 명이나 긴가짜른가 보랴고.
왕의 동무 장난꾼 아이들이 심술스럽게 놀리더이다. 모가지 없는 그림자라고요.
왕은 소리쳐 울었소이다. 어머니께서 들으시도록 죽을까 겁이 나서요.
나뭇군의 산(山)타령을 따라가다가 건넌 산 비

탈로 지나가는 상둣군의 구슬픈 노래를 처음 들었소이다.

그 길로 옹달 우물로 가자고 지름길로 들어서며는 찔레나무 가시덤불에서 처량히 우는 한 마리 파랑새를 보았소이다.

그래 철없는 어린 왕 나는 동무라 하고 좋아 가다가 돌부리에 걸리어 넘어져서 무릎을 비비며 울었소이다.

할머니 산소 앞에 꽃 심으러 가던 날 아침에

어머니께서는 왕에게 하얀 옷을 입히시더이다.

그리고 귀밑 머리를 단단히 땋아 주시며 "오늘부터는 아무쪼록 울지 말아라."

아아 그때부터 눈물의 왕은 ―어머니 몰래 남 모르게 속 깊이 소리없이 혼자 우는 그것이 버릇이 되었소이다.

누우런 떡갈나무 우거진 산길로 허물어진 봉화(烽火) 뚝 앞으로 쫓긴 이의 노래를 부르며 어슬렁거릴 때에

바위 밑에 돌부처는 모른 체하며 감중연하고 앉더이다.

아아, 뒷동산 장군바위에서 날마다 자고 가는 뜬구름은 얼마나 많이 왕의 눈물을 싣고 갔는지요.

나는 왕이로소이다. 어머니의 외아들 나는 이렇게 왕이로소이다.

그러나 눈물의 왕―이 세상 어느 곳에든지 설움이 있는 땅은 모두 왕의 나라로소이다.

시악시 마음은

비탈길 밭뚝에
삽살이 조을고
바람이 얄궂어
시악시 마음은
……

찢어 내려라
버들 가지를.
꺾지는 말아요
비틀어 다고.

시들은 나물은
뜯거나 말거나
늬나나 나……
나나나 늬……

♠봄처녀의 설레는 마음을 주제로 하고 있는 이 시는 생략법과 의성법을 써서 정감의 표현에 효과적인 여운과 암시를 주고 있다. 「백조」(1922) 에 발표된 작품이다.

홍윤숙(洪允淑)

낙엽의 노래

헤어지자……우리들 서로
말없이 헤어지자.
달빛도 기울어진 산마루에
낙엽이 우수수 흩어지는데
산을 넘어 사라지는 너의 긴 그림자
슬픈 그림자를 내 잊지 않으마.

♠낙엽을 이별로 비유하여 쓴 애정시이다. 홍윤숙은 이 시에서 이별의 아픔을 사랑으로 승화시키고 있다.

엔젠가 그 밤도
오늘밤과 꼭 같은 달밤이었다.

바람이 불고 낙엽이 흩어지고,
하늘의 별들이 길을 잃은 밤

너는 별을 가리켜 영원을 말하고
나는 검은 머리 베어 목숨처럼 바친
그리운이 있었다,혁명이 있었다.

몇해가 지났다.
자벌레처럼 싫증난 너의 찌푸린 이맛살은
또 하나의 하늘을 찾아
거침없이 떠나는 것이었고

나는 나대로
송피(松皮)처럼 무딘 껍질 밑에
무수한 혈흔(血痕)을 남겨야 할
아픔에 견디었다.

오늘밤 이제 온전히 달이 기울고
아침이 밝기 전에 가야 한다는 너
우리들이 부르던 노래 사랑하던 노래를
다시 한 번 부르자.

희뿌여히 아침이 다가오는 소리
닭이 울면 이 밤도 사라지려니

어서 저 기울어진 달빛 그늘로
너와 나 낙엽을 밟으며

헤어지자……우리들 서로
말없이 헤어지자.

황석우(黃錫禹)

벽모(碧毛)의 묘(猫)

어느 날 내 영혼의
낮잠터되는
사막의 위 숲 그늘로서
파란 털의 고양이가 내 고적한
마음을 바라보면서
"이애, 너의
온갖 오뇌(懊惱), 운명을
나의 끓는 삶 같은
애(愛)에 살짝 삶아 주마.
만일에 네 마음이
우리들의 세계의
태양이 되기만 하면
기독(基督)이 되기만 하면."

♠이 시는 사랑에 의한 영혼의 구원을 주제로 하고 있는 난해시이다. 「폐허」(1920.7)에 수록되었으며, 이 시에서의 '고양이'는 긍정적인 자아를, '나'는 부정적인 자아를 의미한다. 또한 '사막'은 암울한 현실을, '기독'은 구원을 뜻한다.

초대장

꽃동산에 산호탁(珊瑚卓)을 놓고
어머님께 상장을 드리렵니다.
어머님께 훈장을 드리렵니다.
두 고리 붉은 금가락지를 드리렵니다.
한 고리는 아버지 받들고

♠이 시의 주제는 어머니의 은혜에 대한 감사와 보답, 또는 조국에 대한 감사와 찬양이다. 황석우의 대표작의 하나로 시집 「자연송」에 수록되어 있다. 이 시에서의 '어머니의 날'은 단순한 어머니의 날이 아니라

한 고리는 아들딸, 사랑의 고리
어머님이 우리를 낳은 공로훈장을 드리렵니다.
나라의 다음가는 가정상,가정훈장을 드리렵니다.
시일은 '어머니의 날'로 정한
새 세기의 봄의 꽃.
그 날 그 시에는 어머니의 머리 위에
찬란한 사랑의 화환을 씌워 주세요.
어머님의 사랑의 공덕을 감사하는 표창식은
하늘에서 비가 오고 개임을 가리지 않음이라.
세상의 아버지들, 어린이들
꼭, 꼭, 꼭, 와 주세요.
사랑의 용사,
어머니 표훈식에 꼭 와 주세요.

'조국 광복의 날'이다. 조국을 위한 찬양의 헌시이다.

봄

가을 가고 결박 풀어져 봄이 오다.
나무 나무에 바람은 연한 피리 불다.
실강지에 날 감고 날 감아
꽃밭에 매어 한 바람 한 바람씩 땡기다.
가을 가고 결박 풀어져 봄이 오다.
너와 나 단 두 사이에 맘의 그늘에
현음(絃音) 감는 소리.
새야 봉오리야 세우(細雨)야 달야.

♠이 시의 주제는 봄을 맞는기쁨이다. 여기서의 봄은 우리조국의 해방을 의미한다. 이 시에 나타난 가을은 낙엽이 지는 슬픔, 즉 민족의 비극을 뜻하며, 겨울의 이미지를 주는 '결박'이라는 단어는 죽음같은 일제치하를 뜻한다.

韓國의 名詩

2024년 1월 30일 재판인쇄
2024년 2월 10일 재판발행

지은이 | 편 집 부
펴낸이 | 최 원 준

펴낸곳 | 태 을 출 판 사
서울특별시 중구 다산로 38길 59(동아빌딩내)
등 록 | 1973. 1. 10(제1-10호)

■ 주문 및 연락처
우편번호 04584
서울특별시 중구 다산로 38길 59(동아빌딩내)
전화 : (02)2237-5577 팩스 : (02)2233-6166

ISBN 978-89-493-0624-7 03890